Revolution
ist keine Dinnerparty

In Erinnerung an Dr. Chang Sin Liu
Ich liebe dich, Daddy

Ying Chang Compestine

Revolution
ist keine Dinnerparty

Ein Roman

Aus dem Englischen von Nicola T Stuart

Verlagshaus Jacoby & Stuart

Inhaltsverzeichnis

Teil 1

Kleine Blume
Sommer 1972 – Winter 1973

Zöpfchen für Vater

勇气

Im Sommer 1972, kurz vor meinem neunten Geburtstag, begann das Unheil, in ganz China an die Türen zu klopfen.

Meine Eltern waren Ärzte im Städtischen Krankenhaus Nr. 4. Es galt als das beste Krankenhaus in Wuhan, einer großen Stadt in Zentralchina. Mein Vater war Chirurg. Meine Mutter Ärztin der Traditionellen chinesischen Medizin, das heißt, sie behandelte ihre Patienten mit homöopathischen Mitteln, wie Kräutermedizin und Akupunkturnadeln. Wenn meine Puppen krank wurden, behandelte ich sie mit Bonbons.

Wir wohnten in einem dreistöckigen Backsteingebäude auf einem Gelände, das zum Krankenhaus gehörte, nahe beim Jangtse – dem längsten Fluss Chinas. Während des ganzen Jahres wurden wir durch den Fluss und die Eisenbahnschienen mit süßen Datteln und Tee aus dem Osten, mit wunderschöner Seide und Bonbons aus dem Westen, mit tropischen Früchten aus dem Süden Chinas sowie mit gerösteter Ente aus Peking, also dem Norden Chinas, versorgt. Vater sagte oft zu mir: „Unsere Stadt ist wie ein menschliches Herz: Das gesamte Blut des Körpers reist hindurch."

Eines Abends tanzten die weißen Spitzengardinen, wie so oft, in der Brise, die vom Hof durch unsere offenen Fenster wehte. Unsere weiträumige Wohnung im zweiten Stock war erfüllt vom süßen Duft der Rosen aus dem Hof sowie dem vertrauten Aroma von Knoblauch, Ingwer und Sesamöl. Wir saßen um unseren viereckigen Esstisch im Wohnzimmer vor dem großen Panoramafenster, das zum Hof hinausblickte, und aßen zu Abend.

Die Küche und die Schlafzimmer waren auf der anderen Seite der Wohnung. Auch diese Räume hatten große Fenster, aus denen wir in den Rosengarten und auf die Mauern des Krankenhausgeländes blicken konnten.

Mutter stellte eine kleine blaue Schüssel mit dazugehörigem Löffel vor mich hin. „Ling, dein Haar ist so trocken wie totes Gras. Also, iss deine Suppe." In der Suppe schwammen Stückchen von Tofu, Spinat und Algen. Eigentlich wollte ich keine Suppe, aber ich hütete mich davor, das zu sagen. Ich steckte mir ein kleines Stück Tofu in den Mund, in der Hoffnung, dass das genug wäre. Ich hatte mich nämlich schon an meinen Lieblingsspeisen satt gegessen: gebratene Teigtaschen, pfannengerührter Eierreis und gedünsteter Fisch mit Mutters leckerer Schwarze-Bohnen-Sauce. Ich hatte sogar ein Stückchen vom Orangen-Sesam-Hühnchen probiert, ein besonderer Gaumenschmaus für Vater. Heute aß er jedoch nur zwei Häppchen davon, der Rest blieb unberührt.

„Los jetzt, beeil dich, Ling!“, sagte Mutter mit Schärfe in der Stimme, während sie den Tisch abräumte. Sie wartete auf meine Schüssel – und zwar meine leere Schüssel. Fragend blickte ich meinen Vater an, ob ich diese schreckliche braune Suppe wirklich aufessen musste.

Er lächelte, so wie er es immer tat. Kleine Fältchen zeigten sich in seinen Augenwinkeln. „Es ist sehr heiß heute. Du brauchst Flüssigkeit und Salze, Ling. Dann trink doch wenigstens die Brühe aus.“

Ich holte tief Luft, schloss meine Augen und schlürfte die Brühe, dabei biss ich meine Zähne fest aufeinander, damit nichts von dem schleimigen Spinat oder den Algenblättchen in meinem Mund landete.

Mutter brachte gerade die Stäbchen und Teetassen in die Küche, und so konnte ich schnell die Algen und den Spinat auf meinen Löffel schieben und ihn vor Vaters Mund halten. Er zog kurz die Augenbrauen in die Höhe, doch dann entspannte er sich wieder.

„Aufmachen, bitte, Papa!“, flüsterte ich.

Vater öffnete seinen Mund, und das eklige Grünzeugs verschwand darin.

„Ich hab dich lieb, Papa,“ flüsterte ich. Dann trug ich meine Schüssel mit beiden Händen in die Küche.

Ich war froh, wenn Vater zum Abendessen zu Hause war, denn er rettete mich immer vor Mutters seltsamen Essen. An den Abenden, an denen Vater im Krankenhaus operierte, musste ich alles essen, von dem Mutter meinte, dass es gut für mich war: Quallen würden meine Sommersprossen vertreiben; Fischschwänze würden mir dabei helfen zuzunehmen; Schweineleber würde mich klüger machen; bitterer Tee würde meine Haut samtig machen. Und all das schmeckte grauenvoll. Ich sagte Mutter einmal, dass, wenn wir einen Hund hätten, selbst der keine Schweineleber fressen würde. Sie tippte mir mit ihren Essstäbchen auf den Kopf und legte ein zweites Stück Leber in meine Schüssel.

Als ich wieder ins Wohnzimmer trat, saß Vater noch immer am Esstisch und hielt einen Teebecher aus blauem Porzellan in den Händen. Der Deckenventilator drehte sich langsam über ihm. Seine Augen hatten den Becher fixiert, als würde er ihn untersuchen.

Ich mochte es nicht, wenn er so war. Schon seit Monaten war er immer wieder völlig in Gedanken versunken, selbst mitten in unseren Englischstunden. Um ihn aufzuheitern, schlich ich auf Zehenspitzen zu unserem Bambusbücherregal, das neben dem breiten gemauerten offenen Kamin stand. Ich holte eine gelbe Zeitschrift von ganz oben aus dem Regal, auf der das Bild eines menschlichen Gehirns prangte. Die Zeitschrift war erst letzte Woche aus Amerika eingetroffen.

Dann ging ich am Kamin vorbei und kletterte auf Vaters schwarzen Sessel. Es war wunderbar, meine verschwitzten Beine auf dem kühlen weichen Ledersessel auszustrecken.

„Papa, es ist Zeit für Zöpfe!“

Er drehte sich zu mir und lächelte. Dann stellte er seinen Teebecher neben das dazugehörige Geschirr, stand auf und schob seinen Stuhl unter den Tisch, wie Mutter uns geheißen hatte.

„Lies das." Ich umarmte meine Beine und rückte für Vater ein wenig zur Seite.

Vater nahm sich die Zeitschrift und ließ sich neben mir nieder. Ich setzte mich auf die breite Sessellehne und kringelte mich zusammen wie eine kleine Katze. Vorsichtig nahm ich eine Strähne von Vaters Haar und band sie mit einem roten Gummiband, das ich um mein Handgelenk trug, zu einem Zopf zusammen. Vater saß ganz ruhig da und grinste.

Vor zwei Jahren, als ich sieben geworden war, hatte Mutter aufgehört, mir die Haare zu flechten. Sie hatte mir gesagt, dass ich nun alt genug wäre, es selbst zu machen. Aber ich bekam es nicht gut hin. Mein dickes langes Haar verhedderte sich immer. Es war schwer, es in drei gleich dicke Stränge zu teilen, und meine Arme wurden immer ganz lahm vom nach hinten Greifen. Ich bettelte Mutter an, mir beim Flechten wieder zu helfen, aber sie weigerte sich, und so trug ich viele Wochen lang einen ganz losen, unordentlich geflochtenen Zopf. Dann hatte ich die Idee, an Vaters Haaren zu üben. Sein glattes Haar war viel kürzer als meins, viel zu kurz für geflochtene Zöpfe, aber ich konnte das Haar vorne, wo es am längsten war, zu kleinen Zöpfchen zusammennehmen und mit einem Gummiband festbinden. Ich hatte immer Angst, zu stark zu ziehen und ihm damit wehzutun, aber Vater beklagte sich niemals, sondern saß immer ganz still da. So konnte ich also schon seit letztem Jahr sehr gut Zöpfe binden, doch Vater ließ mich weiterhin an ihm üben, wenn er abends zum Essen nach Hause kam.

Durch die offenen Fenster trug die warme Brise die Stimme einer Nachbarin, die eines der neuen revolutionären Lieder übte, herüber.

Geliebter Vorsitzender Mao,
Großer Führer unseres Landes,
Die Sonne unseres Herzens,
Du bedeutest uns mehr, als Mutter und Va-a-a-ter
Va-a-ter
Va-a-ter …

Sie konnte den hohen Ton in *Vater* nicht erreichen, und deshalb wiederholte sie immer wieder und wieder *Va-a-ter … Va-ter,* wie eine Schallplatte mit einem Sprung.

Wie konnte jemand mir mehr bedeuten als mein Vater? Würde der Vorsitzende Mao mir erlauben, ihm Zöpfchen zu binden?

Ich fing an zu kichern bei dem Gedanken wie lauter kleine Zöpfchen, die mit roten und gelben Gummibändern zusammengebunden waren, vom viereckigen Schädel des großen Vorsitzenden abstanden.

Ich streifte ein Gummiband über den ersten Zopf, den ich aus Vaters rutschigem Haar geflochten hatte. Würde sich meine Nachbarin so fröhlich fühlen wie ich jetzt, wenn sie endlich die hohe Note erreicht hatte? Ich wünschte mir, das wäre sehr bald, oder aber, dass sie ein anderes Lied ausprobieren würde.

Ich rieb meine Nase an dem Zöpfchen und atmete tief ein. Er roch nach Desinfektionsmittel, so wie das Krankenhaus. Dieser bestimmte Geruch machte es mir immer leicht, Vater zu finden, wenn wir Verstecken spielten.

Ein lautes Krachen und Klirren aus der Küche schreckte mich auf. Das Geräusch von fließendem Wasser war weiterhin zu vernehmen, aber das Kratzen des Spatels im Wok war verstummt. Mein Herz sank. Mutter hatte schon wieder eine Essschüssel zerbrochen, die zweite in dieser Woche. Ich sah sie vor mir, wie sie ganz tief einatmete und ihre Lippen aufeinanderpresste, um ihren Ärger zu kontrollieren. Ihre schlechte Laune machte mich immer nervös. Und nun kühlte mich der Sessel auch nicht mehr, und meine ärmellose weiße Baumwollbluse klebte an meinem verschwitzten Rücken. Vater sagte, dass heißes Wetter jeden reizbar machte. Aber Mutter war nun schon seit dem Winter so.

Vater hörte auf zu lesen und tätschelte mir sanft die Schulter. Als ob er wüsste, wie ich mich fühlte, streckte er die Hand zu dem großen rechteckigen Radio aus, das auf dem runden Beistelltisch stand. Augenblicklich war unsere Wohnung von amerikanischen Folksongs erfüllt. Ich wippte zur Melodie und wurde gleich wieder fröhlich. Es muss etwa halb sieben gewesen sein, denn um diese Zeit spielte Voice of America zwischen den englischen Nachrichtensendungen immer leichte Musik.

Ich nahm nun ein rosafarbenes Gummiband von meinem Handgelenk und band damit Vaters zweiten Zopf zusammen. Nun sah er aus wie ein Clown im Zirkus.

„Papa, ich werde nett sein. Heute bekommst du nur zwei.“

„Dann erinnere mich aber daran, dass ich sie nicht vergesse.“ Vater blickte auf seine Armbanduhr. „In zwei Stunden muss ich operieren, und ich möchte nicht wieder mit Zöpfchen im Krankenhaus erscheinen.“ Er brach in tiefes lautes Gelächter aus. Ich fing auch an zu lachen.

„Natürlich, Papa.“ Ich blickte ihm geradewegs in seine freundlichen Augen und konnte wirklich nicht verstehen, warum manche Kinder auf ihre Füße blickten, wenn sie mit ihren Vätern sprachen.

***

Vater hatte mit meinen Englischstunden begonnen, als ich sieben war. Ich hasste es, mir all die Regeln für die englische Sprache zu merken, etwa für die Endungen s, es oder ies. Aber aussprechen tat ich die englischen Wörter gerne. Sie hörten sich genauso an wie die Frösche, die hinter dem Krankenhaus quakten. Während meines Unterrichts mit Vater erzählte er mir Geschichten aus Amerika, die er wiederum von seinem amerikanischen Lehrer gehört hatte. Und er brachte mir englische Lieder bei. Aber was mir am besten gefiel, war, dass ich während dieser Stunden Vaters ganze Aufmerksamkeit für mich allein hatte, abgesehen von wenigen Unterbrechungen durch meine Mutter.

Wir begannen den Unterricht oft mit dem Bild in dem schweren Goldrahmen über dem Kaminsims. Wir gingen hinüber zum Kamin und auf Zehenspitzen versuchte ich, das Bild zu greifen. „Heute staube ich es ab, Papa."

Vater nahm das Bild ab und reichte es mir. Langsam fuhr ich mit einem blauen Seidentaschentuch über das Glas. Darunter war eine Fotografie einer langen orangefarbenen Brücke, die in den Wolken lag. Ich träumte immer, mit diesen Wolken mitzufliegen.

„Papa, warum sind da so viele Kabel über der Brücke?"

„Sie sind dafür da, die Hängebrücke zu stabilisieren." Er nahm mir das Bild ab und hängte es wieder über den Kaminsims. Dann hob er die Medizin-Zeitschrift, die unter seinen Ledersessel gefallen war, auf und setzte sich.

Ich kletterte neben ihn. „Es heißt – ich weiß es, ich weiß es – sus-pen-sion[1]." Nachdem ich das schwierige englische Wort ausgesprochen hatte, sprang ich auf und ab.

„Vorsicht. Du fällst gleich runter." Vater hielt mich fest.

„Aber du kannst mich doch immer wieder zusammenflicken, oder?" Ich blinzelte ihm zu.

Vater lächelte. „Erinnerst du dich an den Namen der Brücke?"

„Of course. It's called the Golden Gate Bridge in San Francisco, America[2]." Stolz sagte ich diesen ganzen Satz auf Englisch ohne einmal Luft zu holen.

---

1 Auf-häng-ung

2 Natürlich. Sie heißt Golden Gate Bridge in San Francisco, Amerika.

„Very good[3].“ Vater tätschelte meine Schulter.

Ich hatte die Geschichte schon oft gehört. Dr. Smith hatte Vater dieses Bild als Abschiedsgeschenk gegeben, bevor er wieder nach San Francisco zurückgegangen war. Und er hatte Vater eingeladen, nach Amerika zu kommen und dort in einem Krankenhaus in der Nähe der Golden Gate Bridge zu arbeiten. Aber Vater hatte sich entschieden zu bleiben und beim Aufbau des neuen China zu helfen.

Das Gebäude, in dem wir jetzt eine Wohnung hatten, bewohnte Dr. Smith früher komplett allein. Und was jetzt unsere ganze Wohnung war, diente ihm früher als Wohn- und Arbeitszimmer. Und hier war es auch, wo Dr. Smith meinem Vater und anderen Ärzten westliche Medizin gelehrt und Geschichten von seiner Heimatstadt an der Golden Gate Bridge erzählt hatte. Vater erinnerte sich gern an diese Geschichten, und erzählte sie wieder und wieder.

„Papa, ich weiß, warum du das Bild in den dicken goldenen Rahmen getan hast. Weil die Brücke so schwer ist!“, rief ich und musste laut lachen.

Vater lachte auch.

„Ling!“, rief Mutter aus der Küche. „Wie oft muss ich dir noch sagen, dass du nicht so laut lachen sollst?“ Das Geschirr klapperte missbilligend.

Vater hielt sich die rechte Hand vor den Mund.

Auch ich hielt mir schnell die Hand vor den Mund, so wie Mutter es mir beigebracht hatte, obgleich ich gar nicht

---

3 Sehr gut.

mehr lachte. Ich konnte nicht verstehen, warum Vater mein Lachen gefiel, Mutter aber nicht.

Sie nörgelte oft an mir herum: Ich lachte zu laut und vergaß beim Lachen, die Hand vor den Mund zu halten und zeigte damit auf unanständige Art meine Zähne. Ich vergaß, die Beine übereinanderzuschlagen, wenn ich mich setzte, und den Rock zurechtzuziehen. Ich redete zu viel. Ich aß zu schnell. Meine Füße waren zu groß, und mein Haar war zu trocken.

Ich hätte ja versuchen können zu lachen, ohne meine Zähne zu zeigen. Aber die Größe meiner Füße, die fast so groß waren wie ihre, konnte ich nicht ändern. Und was sollte ich denn wegen meiner verknoteten und zu trockenen Haare tun? Ich aß schnell, weil ich Essen liebte. Und wenn ich so kleine Häppchen wie Mutter zu mir genommen hätte, würde es die ganze Nacht dauern, bis ich aufgegessen hatte. Und obendrein wäre ich dabei die ganze Zeit hungrig. Ich wünschte mir so sehr, dass sie mich einfach so liebte, wie ich nun mal war, so, wie Vater das tat.

Ich glaubte, Mutter war unzufrieden mit mir, weil sie niemals eine Tochter gewollt hatte. Sie hatte unserer Nachbarin, Frau Wong, erzählt, dass sie versucht hätte, noch einen Sohn zu bekommen, wenn sie nur jünger gewesen wäre.

Aber Vater liebte mich. Ich war sein Ein und Alles.

Mutter kam mit einem Bambustablett ins Wohnzimmer. Ich beobachtete sie, während sie an den Esstisch trat. Ihre weiße Spitzenschürze war um ihre schlanke Taille geschlungen und verbarg einen Teil ihres schwarzen Seidenkleides. Wie immer war ihr seidiges schwarzes Haar ordentlich nach hinten gesteckt, jede Haarsträhne genau an ihrem Platz. Ihre Perlenkette schimmerte im letzten Licht des Tages, das durch die Fenster kam. Der Duft ihres Jasminparfüms wehte zu mir herüber. Sie war sehr viel schöner als die Frau auf den Milchpulverdosen, die uns Vaters Freunde in Amerika schickten. Wie konnte ich bloß jemals so wunderschön und perfekt werden wie sie?

Mutters Augen verengten sich, als sie zu mir herübersah. „Ling, du bist wirklich zu alt, um noch mit den Haaren deines Vaters zu spielen. Gleich nach der Stunde machst du sofort die Zöpfe wieder raus."

Mein Bauch verhärtete sich. Es war Vaters Haar, und er hatte mir nicht gesagt, dass ich zu alt wäre.

Mutter stellte die blauen Reisschalen, die mit kleinen Lotusblumen verziert waren, auf das Tablett, eine neben die andere. Ich erinnerte mich, wie sie mit mir geschimpft hatte, als ich die Schalen ineinander gestellt hatte.

Wie konnte ich bloß Mutters Regeln lernen, sodass sie nicht immer unzufrieden mit mir war?

Sowie Mutter aus dem Zimmer war, streichelte Vater meinen Rücken und flüsterte: „Deiner Mutter gehen zur Zeit viele Dinge durch den Kopf, die sie bedrücken. Du musst geduldig mit ihr sein. So, und jetzt beginnen wir mit den neuen Wörtern."

Ich wollte Vater fragen, was es war, das Mutter bedrückte. Vielleicht weil sie einen Jungen gewollt hatte? Aber ich hatte Angst, sie würde meine Frage in der Küche hören.

Ich bemühte mich sehr, die neuen englischen Wörter, die Vater mir vorsagte, richtig auszusprechen. „Pick, pike, big, beg, dig[4].“ Und wieder musste ich an das Quaken der Frösche denken.

„Fountain, mountain[5] …“

Ich sah zu ihm hoch und musste wieder loslachen – ich hatte nämlich seine Zöpfchen ganz vergessen.

---

4 Wählen, Hecht, groß, bitten, graben.
5 Brunnen, Berg …

Verschwendung ist ein grosses Verbrechen

勇气

Der Sommer endete damit, dass es drei Wochen lang ununterbrochen regnete. Überall roch es modrig. Wenn ich die schlammigen Straßen entlangging, versuchte ich, nicht auf die Propagandaplakate zu treten, die der Regen von den Wänden gewaschen hatte. Und ich verabscheute es, mir die Hände schmutzig machen, wenn ich das schmierige Papier von meinen Schuhen abziehen musste.

Mutter hatte die Bambusmatte in meinem Bett durch eine Baumwollmatratze ersetzt.

Eines grauen Herbstnachmittags kamen ein fremder Mann und eine fremde Frau in unsere Wohnung, während Vater im Krankenhaus war. Mutter stellte die Frau als die Sekretärin der kommunistischen Partei in der Stadt vor und den Mann als Genossen[6] Li.

Die Frau hatte kurze Beine und lange Arme. Ihre schlabbrige blaue Hose war über ihren braunen Gummistiefeln

---

[6] Genosse bezeichnet eigentlich einen Kameraden oder Gefährten. Genosse wird als politische Form der Anrede besonders unter Mitgliedern und Aktivisten sozialistischer und kommunistischer Parteien verwendet.

aufgerollt. Sie und Genosse Li hatten ihre Schuhe nicht ausgezogen und während sie durch unsere Wohnung gingen, hinterließen sie überall dreckige Schuhabdrücke.

Als sie durch das Wohnzimmer zum Kamin gingen, klopfte die Parteisekretärin mit einem eingerissenen Fingernagel gegen unsere blaue Blumenvase auf dem Kaminsims. „Ist das was Ausländisches?“, fragte sie mit nasaler Stimme.

Ohne Mutters Antwort abzuwarten, drehte sie sich um und verschwand im Schlafzimmer meiner Eltern. Genosse Li folgte ihr. Die Beine seiner blauen Militärhose hingen an ihm herunter wie schlaffe Ballons. Im Schlafzimmer öffnete die Frau den Schrank und rieb den Stoff von Mutters Kleidern zwischen ihren dicken Fingern.

Ohne die Schranktür wieder zu schließen, ging sie weiter in mein Zimmer. Sie strich über die gelbe Seidendaunendecke, die auf meinem Bett lag. Die Schwielen an ihrer Hand blieben an den gestickten Pfingstrosen hängen.

Ich blieb dicht bei Mutter, die den beiden gefolgt war. Sie hatte ihr Lächeln aufgesetzt, das für Besuch reserviert war, aber sie rieb dabei die ganze Zeit am dritten Knopf ihrer weißen Bluse, etwas, das sie nur tat, wenn sie beunruhigt war.

Als die Parteisekretärin nun in Richtung Küche ging, winkte sie den Genossen Li zu sich. „Nun komm schon, lass mich nicht die ganze Arbeit allein machen.“

In der Küche angekommen begann Genosse Li mit einem Essstäbchen in unserem Reiskrug herumzustochern. In Vaters Arbeitszimmer griff er sich Vaters elfenbeinerne

Zigarettenspitze und drückte sie, als ob er erwartete, dass gleich eine Zigarette herauskatapultiert käme. Vielleicht hatte er so etwas noch nie zuvor gesehen. Es war ein besonderes Geschenk für Vater von Dr. Smith aus Amerika.

Die Parteisekretärin drehte einige von den Büchern auf den Kopf und schüttelte sie. Notizzettel und Lesezeichen fielen wie tote Blätter auf den Fußboden. Sie zeigte darauf und gab Genosse Li den Befehl: „Sammle die ein, die nehmen wir mit."

Genosse Li ging in die Hocke, hob die Zettel und Lesezeichen auf und stopfte sie in die großen Taschen seiner Armeejacke.

Die Notizen waren auf Englisch geschrieben. Ich verstand nicht, warum sie diese Notizen haben wollte. Vater hatte viele Stunden damit verbracht, diese Bücher zu lesen und sich Notizen zu machen. Ich war mir sicher, dass er nicht begeistert davon wäre, wenn er gesehen hätte, wie Genosse Li sie zusammengeknüllt hatte.

„Alle Schuhe untersuchen!", befahl die Parteisekretärin.

Am Wohnungseingang nahm Genosse Li Vaters braune Lederschuhe aus dem Regal. Mit dem Knöchel klopfte er auf die Absätze, dann blickte er in die Schuhe, bevor er sie wieder ins Regal zurückstellte. Wonach könnte er denn wohl suchen?, fragte ich mich.

Nachdem sie gegangen waren, schloss Mutter die Tür ab und warf all die Kleidung, die sie berührt hatten, ins Spülbecken, sogar ihr Seidenkleid. Ich fragte sie, ob sie das tat, weil die beiden schmutzige Hände gehabt hatten.

Als Antwort zischte sie nur: „Stell jetzt keine Fragen!“

Wenn Mutter nicht gewollt hatte, dass sie unsere Sachen anfassen, warum hatte sie es denn dann zugelassen?

***

An dem folgenden Wochenende räumte Vater die Möbel und Bücher aus seinem Arbeitszimmer, und quetschte die Bücher in die Bücherregale beim Kamin. Mutter erzählte mir, dass Genosse Li ab jetzt in Vaters Arbeitszimmer wohnen würde.

Während Vater die Tür zwischen unserem Wohnzimmer und dem Arbeitszimmer zunagelte, fragte ich: „Wer ist Genosse Li? Und wieso lässt du ihn hier einziehen?“

Mit ernstem Gesichtsausdruck schlug Vater den nächsten langen Nagel in die Tür. „Er ist der neue Politbeauftragte für das Krankenhaus und braucht eine Unterkunft.“

„Was macht ein Politbeauftragter?“, fragte ich.

„Er lehrt uns die Ideen des Vorsitzenden Mao. So, und jetzt lass mich das zu Ende bringen.“ Mit strengem Blick schraubte er einen Messingriegel auf den oberen Teil der Tür. Und mir war klar, dass ich keine weiteren Fragen stellen durfte.

War Genosse Li also ein Lehrer? Müsste Vater sich jetzt von ihm unterrichten lassen? Aber wer sollte denn klüger sein als Vater?

***

In der darauffolgenden Woche wurde Vaters Arbeitszimmer zu Genosse Lis Zu Hause. Um in sein neues Zu Hause zu kommen, brach er ein Loch in die Wand, die zum Treppenhaus führte, und baute dort eine Eingangstür ein. Dann beklebte er die gesamte Tür mit Lehrsätzen des Vorsitzenden Mao. Die Tür sah nun aus wie die politischen Wandzeitungen[7], die inzwischen in der ganzen Stadt an Ständen, an Wänden und an Mauern hingen.

Ich hatte Angst, dass Genosse Li jetzt ständig unsere Sachen durchstöbern würde. Aber in jenem Herbst betrat er unsere Wohnung nicht wieder. Er grüßte immer freundlich, wenn ich im Treppenhaus an ihm vorbeikam. Eine gute Sache hatte das Ganze auch, denn Mutter schimpfte mich jetzt nicht mehr laut aus. Und so hatte ich mich schon bald daran gewöhnt, dass er neben uns wohnte.

***

Als der erste Schnee den Boden bedeckte, schrieb Genosse Li einen Lehrsatz des Vorsitzenden Mao auf ein großes Plakat und hängte es an eine Wand unseres Gebäudes.

Verschwendung ist ein großes Verbrechen.
Hebt die Rohstoffe auf, um ein neues China zu bauen.

---

[7] Wandzeitungen sind eine zu einem bestimmten Thema zusammengestellte Informationsquelle in Form von Zeitungsausschnitten und handgeschriebenen Parolen oder Artikeln, die an Wänden angebracht werden. Mit *Meine Erste Wandzeitung* leitete Mao Zedong im Jahr 1966 die Kulturrevolution ein.

Am nächsten Tag hatte jemand den Heizungskessel im Keller ausgestellt, und somit hatten wir weder Heizung noch heißes Wasser mehr in unserem Gebäude. In unserer Wohnung war es so kalt, dass wir während des Tages mehrere schwere Baumwolljacken übereinander trugen. Das Schlimmste war jedoch das Baden. Einmal in der Woche kochte Mutter Wasser auf dem Herd und mischte es mit kaltem Wasser in einem großen Holzbottich, damit ich darin ein Bad nehmen konnte. Sowie ich meine Winterkleidung auszog, war ich übersät von Gänsehaut. Wenn das Wasser zu heiß war, musste ich warten, bevor ich in den Bottich steigen konnte. Und wenn es gerade kalt genug war, um hineinzusteigen, war es, bis Mutter damit fertig war, mich einzuseifen, schon wieder kalt geworden.

Ich wehrte mich gegen das wöchentliche Bad, bis eines Tages Frau Wong hörte, wie wir stritten. Sie lud mich ein, in ihrem Badezimmer zu baden, denn sie hatten eine richtige Wanne und ein elektrisches Heizgerät, das wie ein Flugzeug geformt war und das ganze Badezimmer warm machte. Von da an war ich jeden Samstag ein glückliches kleines Teigtäschchen, das in warmer Suppe schwamm.

Die Wongs waren die einzige Familie auf dem Gelände, die über ein elektrisches Heizgerät verfügte. Frau Wong hatte es gekauft, nachdem Genosse Li die Heizung ausgestellt hatte. Viele Nachbarn auf dem Gelände kamen, um sich das Gerät anzusehen. Genosse Li gefiel das gar nicht. Er sah sich das Heizgerät auch nicht an, und ich hörte, wie er zu anderen Mietern sagte, dass er den Wongs das Heizgerät eines Tages wegnehmen würde. Ich fand das ziemlich dumm, denn die Wongs würden sich doch ihr Gerät nicht wegnehmen lassen. Und wann immer sich die Wongs und Genosse Li begegneten, war er Luft für Dr. Wong, und Frau Wong drehte ihren Kopf weg.

Als ich Mutter fragte, warum die Wongs Genosse Li nicht mochten, antwortete sie ernst: „Wer hat das denn behauptet? Sag nie wieder solche Sachen."

„Können wir ein Heizgerät kaufen?", fragte ich als Nächstes.

Mutter zeigte mit dem Finger nach oben zur Wohnung der Wongs. „Nur eine Familie, die Verwandtschaft im Ausland hat, kann sich solch teure Geräte leisten."

Dr. Wongs Bruder schickte ihnen von Hongkong jede Woche Geld und Pakete. Wir bekamen auch Post aus dem Ausland, aber zu Beginn des Winters, nachdem einer der Briefe geöffnet bei uns ankam, sagte Mutter, dass Vater seinen Freunden nicht mehr schreiben sollte.

Wieso machte jemand unsere Post auf? Hofften sie, Geld in den Briefen zu finden? Und wenn sie wüssten, dass Vaters Freunde niemals Geld schickten, würden sie dann damit aufhören?

Einmal, als ich an Genosse Lis Wohnung vorbeiging, war die Tür geöffnet. Ich linste hinein und sah einen Stapel Briefe auf einem Stuhl liegen. Der eine, der ganz oben lag, war an den Zahnarzt gerichtet, der mir ein Loch gefüllt hatte. Dieser Zahnarzt war vor kurzer Zeit zum Volksfeind ausgerufen worden.

War etwa Genosse Li derjenige, der die Briefe öffnete? Könnte das sein?

Tauschhandel mit Genosse Li

勇气

Als das Wetter im Frühjahr 1973 wieder wärmer wurde, fiel in unserem Gebäude häufig der Strom aus. Als dies an einem heißen Nachmittag gleich zweimal nacheinander passierte, verließ ich unsere Wohnung, um nach einem kühleren Plätzchen Ausschau zu halten. Während ich die Treppe hinunterlief, grüßte mich Genosse Li vom Treppenabsatz.

„Wie geht es dir heute, Ling?“, fragte er mit einem Affengrinsen.

„Hallo, Genosse Li.“ Da Mutter nicht bei mir war, beschloss ich, dass es in Ordnung wäre, mit ihm zu sprechen. „Mir ist so heiß! Der Strom ist wieder ausgefallen. Ohne den Ventilator jucke ich mich wegen der Hitzepickel zu Tode.“

„Du musst eben außerhalb deines Treibhauses wachsen, kleine Blume!“ Er kratzte sich am Hals. „Wir müssen ein wenig Schmerz und Not ertragen, um ein neues China zu erbauen.“

Eigentlich wollte ich ihm erklären, dass mein Hitzeausschlag mehr als wenig Schmerzen machte, aber Mutter hatte mir beigebracht, dass es unhöflich ist, Erwachsenen zu widersprechen.

„Der Strom, den wir sparen, wird dazu genutzt, mehr Eisen und Stahl für die Revolution herzustellen.“ Er wedelte mit der Hand wie ein Zauberer. „Schon bald werden wir die nächste Supermacht sein!“

„Was ist eine Supermacht?“, fragte ich.

Er lachte laut. „Eine mächtige Nation, die alles besitzt, was gebraucht wird, insbesondere Elektrizität.“

„Wirklich?“, fragte ich.

Ich wollte gerade fragen, wie lange es noch dauerte, bis wir eine Supermacht wären, als er sagte: „Wir können doch unsere kleine Blume nicht welken lassen, oder? Ich seh mal, was wir tun können, um die Revolution zu beschleunigen.“

Ich dankte ihm mit meinem besten Lächeln. Ich konnte es kaum abwarten, wieder Strom in unserer Wohnung zu haben.

***

Inzwischen hatte sich mein Englisch weiter verbessert, und ich konnte schon viele kurze Sätze sagen und schreiben. Aus Vaters alten Zeitschriften hatte ich Tiere, Menschen, Häuser, Essen und Blumen ausgeschnitten und auf Papier geklebt, um kleine Bücher daraus zu machen.

***

Eines Abends, als Vater Voice of America hörte, las ich in meinem kleinen Buch *A Story About a Happy Girl*[8].

A girl lives near the Golden Gate Bridge.
She wears a pretty red dress.
She has curly brown hair.
She has big eyes.
She likes to eat ice cream.
She plays with her dog on the green lawn.[9]

Plötzlich ertönte das geheime Klopfzeichen, das ich mit Genosse Li vereinbart hatte.

Während ich zu der Tür rannte, die unser Wohnzimmer von seinem Wohnbereich trennte, machte Vater sofort das Radio aus.

In den oberen Teil der braunen Holztür war eine kleine Tür geschnitten. Diese konnten wir mit dem Messingriegel von unserer Seite aus entriegeln. Und während ich diese kleine Tür öffnete, schob Vater seine Medizin-Zeitschrift ganz schnell unter seinen Sessel und nahm eine Zeitung zur Hand.

Vor einigen Monaten hatte Genosse Li leise an diese Tür geklopft und mir einen aus Papier gefalteten Schwan

---

[8] *Eine Geschichte von einem glücklichen Mädchen*

[9] Ein Mädchen lebt in der Nähe der Golden Gate Bridge.
Sie trägt ein hübsches rotes Kleid.
Sie hat lockige braune Haare.
Sie hat große Augen.
Sie isst gerne Eiscreme.
Sie spielt mit ihrem Hund auf dem grünen Rasen.

übergeben. Dafür wollte er einen Apfel von uns. Und so hatte unser „Tauschhandel“ begonnen.

Wann immer er etwas brauchte, ein paar Eier, Lauchzwiebeln, Öl zum Braten oder Nadel und Faden, klopfte er an diese kleine Tür. Ich gab ihm, worum er bat, und er „bezahlte“ mit Origami.

„Hallo.“ Ich stand auf Zehenspitzen. „Was möchtest du heute kaufen?“

„Ein paar Eier und einige Lauchzwiebeln. Wie viel macht das?“ Er sprach Mandarin[10], gefärbt vom Dialekt aus dem ländlichen Norden. Genosse Li hatte in der Tat Zauberhände. Er konnte Papier zu jeder gewünschten Form falten: Blumen, Boote, Vögel und sogar einen Eimer mit zwei Henkeln. Und er kannte auch Zaubertricks; so konnte er zum Beispiel eine Zehn-Fen-Münze verschwinden lassen oder zu einer Ein-Fen-Münze machen.

„Einen Vogel, bitte!“ Ich hielt meinen Zeigefinger in die Höhe. Manchmal wünschte ich mir, er würde mit etwas Anderem als Origami bezahlen, denn ich hatte schon ei-

[10] Mandarin wird die chinesische Hochsprache genannt; es war die Sprache der chinesischen Beamten, der Mandarine, daher der Name. Es gibt sehr viele Dialekte im Chinesischen, aber die Schriftzeichen sind immer gleich. Das gilt z. B. auch für das Kantonesische, das überwiegend in Südchina gesprochen wird. Das heißt, dass alle dieselben Schriftzeichen lesen, aber sich nicht miteinander unterhalten können. So wie wir in Europa z. B. die Ziffern 1, 2, 3 etc. lesen können, die aber in der jeweiligen europäischen Sprache andere Namen haben. Heute hat sich das Mandarin auch als gesprochene Hochsprache weitgehend durchgesetzt.

nen ganzen Korb voll davon. Aber ich wagte nicht, ihm das zu sagen. Darüber wäre Mutter verärgert gewesen.

„Sofort!“, sagte er und blinzelte mich mit seinen klitzekleinen schwarzen Sesamsamen-Augen an.

Auf Zehenspitzen blickte ich durch das offene Türchen und sah wie Genosse Li zum runden Tisch in der Mitte des Raumes ging. Der Tisch und auch der Stuhl mit der geraden Lehne waren immer bedeckt von Plakaten, Briefen, Papierrollen, Dutzenden von Pinseln und Flaschen mit roter und schwarzer Tinte. Er hob ein Stück weißes Papier auf und kam wieder zur Tür.

„Nun halte die Augen auf, damit du den Vogel wachsen sehen kannst.“ Sein Lachen hörte sich an wie das einer fröhlichen Gans.

Genosse Li faltete das Papier zu einem Dreieck, und dann zog er eine Ecke in die Höhe, die den Hals des Vogels bildete. *Knick! Knick! Knick!* Und auf einmal hielt er einen lebendig wirkenden Vogel in DEN Händen.

„Du musst ihn gut festhalten, sonst fliegt er davon.“ Er gab mir den Vogel, der einen langen Schnabel und weite Flügel hatte.

„Ich bin gleich wieder da.“ Ich hielt den Vogel in beiden Händen fest, lief in mein Zimmer neben der Küche und setzte ihn in den Korb.

Während ich um die Ecke zur Küche rannte, stieß ich fast mit Mutter zusammen. Sie trug eine Kristallplatte, auf der Mangoscheiben geschichtet waren. Ich wollte gerade nach einer Mangoscheibe greifen, als Mutter mit leiser fester Stimme schimpfte: „Renn hier nicht so herum! Benimm dich wie eine Dame.“

Ich zog meine Hand zurück und hoffte, dass Genosse Li nicht gehört hatte, wie Mutter mich ausschimpfte, denn wer mag schon jemanden gern, der ständig von seiner Mutter ausgeschimpft wird?

Mutter stellte die Kristallplatte auf den Esstisch und folgte mir in die Küche. Ich war erstaunt, dass Mutters gelbe Gummihandschuhe im Seifenwasser im Spülbecken schwammen. Sie musste sie in großer Eile abgestreift haben. Wenn ich sie so hätte liegen lassen, hätte sie mich ordentlich zurechtgewiesen.

„Ich hole die Eier“, sagte Mutter, bückte sich und nahm mit einer Hand zwei Eier aus einem halbvollen Bambuskorb. Kleine Schweißtröpfchen glänzten im Schein der Küchenlampe auf ihrer Stirn.

Ich nahm ein paar Lauchzwiebeln aus dem Gemüsekorb auf der Küchentheke. Mit der anderen Hand griff ich nach unten und holte noch ein Ei aus dem Bambuskorb. Als ich Genosse Li das letzte Mal zwei Eier „verkauft“ hatte, sagte er, er brauche noch eines, um sich ein richtiges Mahl zuzubereiten.

Mutter griff nach meiner Hand mit dem Ei, um mir zu helfen, aber ich schüttelte ihre Hand ab. Ich wollte nicht, dass Genosse Li dachte, ich wäre noch nicht einmal alt genug, um ein kleines Ei zu tragen.

Mutter kniff die Augen verärgert zusammen, aber ich tat so, als ob ich das nicht gesehen hätte.

Als Mutter und ich aus der Küche traten, streckte Genosse Li seinen Kopf durch die kleine Tür in unser Wohnzimmer, wie eine Schildkröte, die den Kopf aus ihrem Panzer reckt. Vater schien Genosse Li nicht zu bemerken. Er trommelte mit den Fingern seiner linken Hand sanft auf der Armlehne herum und hielt die gefaltete Zeitung vor sein Gesicht.

Als Genosse Li Mutter und mich kommen sah, zog er seinen Kopf wieder zurück.

Auf Zehenspitzen überreichte ich ihm das Ei durch die Tür und blickte schnell in sein Zimmer. Es roch nach Knoblauch und nach Tinte. Gegenüber stand ein Bett neben der weißen Wand. Die Wand darüber war mit Fotos bedeckt. Auf dem einen Ende des Bettes lag eine grüne Decke, die ganz ordentlich zu einem Viereck gefaltet war und wie ein riesiger grüner Mungbohnen-Keks aussah. Seine blaue Mütze lag darauf. Genosse Li hatte mir erzählt, dass jeder in der Armee sein Bett in weniger als drei Minuten machen konnte.

Seine Zeit in der Armee hatte ihn offenbar mit vielen Freunden versorgt, denn durch die hölzerne Tür zwischen unseren Wohnbereichen konnten wir lautstarke Unterhaltungen hören, die er mit seinen vielen Besuchern führte. Er erzählte ihnen von seinem Leben in der Armee und wer die wichtigen Personen waren, die neben ihm auf den Fotos zu sehen waren. Am meisten gab er mit einem großen Foto an, das einen Ehrenplatz in der Mitte der Wand hatte.

Stolz hatte er einst zu meiner Mutter und mir gesagt: „Das ist Genossin Jiang Qing, die Frau unseres Großen Führers, des Vorsitzenden Mao."

Auf dem Foto sah man Genosse Li, der mit fünf anderen Männern um eine kleine Frau gruppiert war. Sie alle trugen die typischen blauen Mao-Anzüge und Mützen mit sehr kurzer Krempe. Die Haare der Frau waren direkt über den Ohren abgeschnitten. Selbst von der Tür aus konnte ich erkennen, wie grimmig ihre Augen hinter den Brillengläsern blickten. Sie erinnerte mich an ein hungriges Gespenst in einem meiner Bücher.

Nun übergab Mutter Genosse Li die restlichen Eier und die Lauchzwiebeln. „Sie haben noch nicht zu Abend gegessen?" Ihre Stimme hatte denselben schneidenden Ton, mit dem sie mich ausschimpfte, aber sie hatte ihr Lächeln für Besuch aufgesetzt.

„Noch nicht, Dr. Xiong." Mutter wurde von allen mit ihrem Mädchennamen angesprochen. Ich denke mal, es wäre zu verwirrend gewesen, zwei Dr. Changs in einer Familie zu haben. „Wir mussten uns heute auf die Festnahme eines im Geheimen agierenden Volksfeindes vorbereiten." Er reckte seinen Hals wie ein stolzer Gockel.

„Was ist ein im Geheimen agierender Volksfeind?", fragte ich.

Mutter kniff mich in den Oberarm. „Aua!"

Genosse Li blickte kurz zu Vater hinüber, dann lehnte er sich nach vorne. „Jemand, der nett wirkt, aber an der Zerstörung unserer Regierung arbeitet", flüsterte er.

Warum sollte jemand unsere Regierung zerstören wollen? Ich hätte gerne gefragt, was geschehen würde, nachdem der Volksfeind festgenommen worden war, aber ich wollte nicht riskieren, noch einmal von Mutter gekniffen zu werden.

„Brauchst du sonst noch etwas?“, fragte Mutter, das Lächeln in ihrem Gesicht war verschwunden.

Genosse Li streckte seinen Kopf wieder durch die Tür. Mutter zog mich zur Seite. Er blickte herum, bis seine Augen wie hypnotisiert auf unseren Esstisch starrten.

„Heute Abend kommen einige junge Revolutionäre vorbei. Die Mangos würden ihnen schmecken.“ Er wies mit dem Kinn auf den Tisch, lächelte und zeigte dabei seine nikotinverfärbten Hasenzähne.

Ohne ein Wort zu sagen, ging Mutter zum Tisch und holte die Platte mit den Mangos.

Ich war zu schockiert, um etwas zu sagen. Ich liebte Mangos! Sie waren sehr teuer, und wir hatten seit langer Zeit keine mehr gegessen. Wenn Mutter doch bloß die Mangos vor ihm versteckt hätte, so wie sie die Schokolade und den Kaffee versteckte.

Genosse Li nahm Mutter die Platte ab und trug sie zu dem Tisch in der Mitte seines Zimmers. Als er wieder zu der kleinen Tür zurückkam, strich er sich mit einer Hand die fettigen Haare, die von seinem Affenkopf abstanden, glatt.

„Ach, Ling, komm mal etwas näher. Da ist etwas in deinem Ohr.“ Er streckte seinen Arm aus.

Ich trat einen Schritt vor und hielt die Luft an, als sein fettiger Ärmel meine Wange streifte. Dann schien er etwas hinter meinem Ohr zu greifen.

„Das ist für dich."

Er hatte eine kleine rote Papiertüte in der Hand. Mir blieb der Mund vor Staunen offen stehen. Es war das erste Mal, dass er mir etwas anderes als Origami gegeben hatte.

In der Tüte war ein Porträt des Vorsitzenden Mao auf einem handtellergroßen Metallmedaillon. Der Vorsitzende Mao trug die gleiche blaue Armeejacke wie Genosse Li. So eine Plakette wie diese hatte ich noch nie gesehen.

„Vielen Dank! Vielen Dank!" Ich sprang auf und nieder. Es versöhnte mich fast mit dem Verlust meines Nachtisches.

Mutter warf mir einen finsteren Blick zu.

Den ganzen Sommer lang hatten die Kinder im Hof mit ihren Medaillons angegeben. Ich konnte es kaum abwarten, dieses Medaillon gegen ein Keramikmedaillon zu tauschen, auf dem der Vorsitzende Mao mit einem Regenschirm zu sehen war. Vielleicht würde mich Genosse Li ja von nun an immer mit Mao-Medaillons statt mit Origami bezahlen.

„Sie sind ganz neu. Das ganze Krankenhaus hat nur zehn Medaillons zugeteilt bekommen. Steck es dir an." Genosse Li schob seinen Brustkorb nach vorn. Er hatte dasselbe Medaillon auf der rechten Seite seines Hemdes.

„Ling wird es sich anstecken, wenn sie geduscht hat. Guten Abend."

Mutter nahm mir das Medaillon ab, fasste mich im Nacken und schob mich kraftvoll weg von ihm. Ich hatte Angst, dass Genosse Li ihrer Stimme anhörte, wie verärgert sie war. Sie drehte sich zu meinem Vater und verzog das Gesicht so, als hätte sie gerade eine verschimmelte Erdnuss gegessen.

Vater lief schnell durch den Raum auf sie zu. „Das hast du gut gemacht." Er streichelte ihren Arm. „Hoffen wir mal, dass die Mangos ihn die ganze Nacht von uns ablenken." Vater umarmte Mutter.

Ich hatte immer gedacht, meine Eltern mochten Genosse Li nicht, weil er uns Dinge „abkaufte". Aber da hatte ich mich getäuscht.

Hausgemachtes Eis und deutsche Schokolade

勇气

In unserer Wohnung hatten wir keine richtige Dusche. Mutter hatte einfach einen Schlauch an den Wasserhahn in der Küche angeschlossen. Das andere Ende hatte sie an ein Wasserrohr, das an der Wand unter der Decke entlanglief, befestigt. Es hing über einem Abfluss, der in der Ecke der Küche in den Betonfußboden eingelassen war – das war unsere Dusche.

An jedem Sommertag freute ich mich auf die kalte Dusche nach dem Abendessen. Und ich duschte immer so lange wie nur möglich.

„Beeil dich, Ling. Ich habe die Salbe schon fertig für dich!", rief Mutter durch die einen Spalt weit geöffnete Küchentür.

„Ich trockne mich schon ab", rief ich zurück und wickelte mich in ein großes Handtuch, das mit roten Rosen bedruckt war.

Mutter kam in die Küche. Mit einem Wattebausch tupfte sie eine weiße kühlende Minzsalbe auf meinen Hals, meine Arme und Beine. Es fühlte sich an, als hätte sie verzauberte kalte Luft auf meinen Hitzeausschlag gepustet. Das Jucken verschwand für eine Minute komplett. Ich wünschte mir, meine Haut würde sich den ganzen Tag so anfühlen. Im Spiegel, der neben dem Küchenfenster hing, konnte ich mich sehen: eine Porzellanpuppe mit ovalem Gesicht und fleckiger Haut. Ich riss meine Augen mit den Doppellidfalten[11] weit auf und wackelte mit dem Kopf. Wenn wir doch bloß den Ventilator öfter anmachen könnten! Wieso brauchte die Revolution bloß so lange?

Als ich mich anzog, hörte ich, wie Vater jemanden begrüßte. „Kommen Sie rein! Kommen Sie rein, bitte!"

Eine sanfte Stimme fragte: „Und wo ist meine kleine Süße?" Es war Frau Wong. Schnell knöpfte ich meine Baumwollbluse zu und rannte aus der Küche. Dr. Wong, Frau Wong und ihr Sohn, Niu, waren vorbeigekommen. Die Wongs kamen gerade vom Einkaufen zurück. Ein großer gelber Strohkorb stand neben der Eingangstür.

„Hier bin ich!" Ich streckte meine Arme aus und schlang sie um Frau Wongs Taille. Als sie sich hinunterbeugte, um mir einen Kuss auf die Wange zu geben, kitzelte ihr langes welliges Haar, das nach Jasmintee duftete, meine Nase. Ich hatte mal gehört, wie sie Mutter erzählte, dass sie Perlenpulver benutzte, um ihre Haare zu waschen, und Tee, um sie zu spülen. Sie musste einfach die schönste Frau der Welt sein. Heute trug sie ein rotes Seidentop mit lauter

[11] Etwa die Hälfte aller Ostasiaten haben keine Oberlidfalte, sondern eine Lidfalte, die tiefer sitzt und anders verläuft. Das Oberlid ohne Falte wird im asiatischen Raum als „Einzellid" bezeichnet. Das sogenannte „Doppelte Lid" (mit Falte) macht ein größeres Auge.

Rüschen auf der Vorderseite und einen ausladenden rotgrün geblümten Rock.

Hinter ihr standen Dr. Wong und Niu. Dr. Wong trug ein leichtes gelbes Hemd, weiße Shorts und ein Paar weißer Lederschuhe. Er war nicht so groß wie Vater, aber hatte ebenso breite Schultern und dunkle Haut. Er sah aus wie einer der Tennisspieler in Vaters englischen Zeitschriften.

„Ist das eine gute Zeit für einen Besuch?“ Mit einem Finger schob Dr. Wong seine goldgerahmte Brille nach oben und warf einen Blick hinüber zu Genosse Lis Wohnbereich.

Vater zuckte mit den Achseln und sagte: „Ich wollte dir einen Artikel zeigen.“ Er führte Dr. Wong zum Esstisch.

Nius kurzärmeliges weißes Hemd war in seine lange blaue Hose gesteckt. Er ging hinüber zu Vaters Bücherregal und zog ein Musikbuch heraus. Frau Wong beklagte sich bei Mutter, dass Niu sich weigerte, Shorts zu tragen, egal, wie heiß es war. Ich glaubte, er wollte einfach nicht, dass jemand seine Beine sah, die so dünn wie Essstäbchen waren.

„Lass dich ansehen, mein kleines Püppchen.“ Frau Wong ließ sich auf ein Knie nieder und zog den Kragen meiner Bluse zurück, um meinen Hals zu untersuchen.

„Mein armes Ding! Du solltest keine Blusen mit Kragen mehr tragen, das macht den Ausschlag nur noch schlimmer.“ Ihre braunen Augen weiteten sich. „Komm mit mir nach oben. Da suchen wir einen Stoff aus, und ich näh dir eine neue Bluse.“

Ich fühlte mich, als hätte sie mir gerade eine Tüte mit Ingwerbonbons geschenkt. Ich blickte Mutter um Zustimmung bittend an. Das Lächeln war aus ihrem Gesicht verschwunden.

Ich hoffte sehr, dass sie mich gehen ließ.

Frau Wong hatte Mutter schon oft erzählt, dass es immer ihr Traum war, so eine Tochter wie mich zu haben. Und manchmal fragte ich mich, ob Mutter vielleicht auch so freundlich wäre, wenn sie wie Frau Wong zu Hause bleiben und nicht arbeiten würde. Allerdings hatte Mutter schon oft zu Vater gesagt, dass sie sich einfach nicht vorstellen konnte, ihre ganze Ausbildung nur dafür gemacht zu haben, eine Hausfrau zu werden.

„Danke, Frau Wong“, sagte Mutter, „aber an einem solch heißen Tag möchten wir Ihnen keine Mühe bereiten.“

„Das ist keine Mühe! Warum kommen Sie nicht alle nach oben, und wir essen Eiscreme? Ich habe gerade gestern, gleich nachdem der Strom wieder ging, welches gemacht.“ Sie hob den großen Einkaufskorb hoch. Niu klappte Vaters Buch *Romantische Gesänge aus Russland* wieder zu und stellte es ins Regal zurück. Die Hälfte der Lieder aus diesem Buch konnte er bereits singen.

Ich sah meine Mutter noch immer mit bettelnden Augen an.

„Na gut, Ling. Dann geh für eine Weile mit. Ich bleibe hier, denn ich muss noch die Berichte zu den neuaufgenommenen Patienten schreiben.“ Mutter zog meinen Kragen wieder gerade, und gleich fing der Ausschlag an meinem Hals wieder an zu jucken und zu brennen. „Benimm dich!“

***

Wann immer Mutter und Frau Wong zusammen waren, erinnerten sie mich an Blumen in unserem Garten im Hof. Mutter war wie eine stolze weiße Rose, die für sich allein stand. Ich hatte Angst sie anzufassen, wegen ihrer Dornen. Frau Wong wiederum war duftend und warm wie eine rote Pfingstrose, die jeden Besucher begrüßte. Ich wollte ihr immer nah sein.

Ich sah zu Vater hinüber und hoffte, er würde mitkommen. Er mochte Eiscreme fast so gerne wie ich. Vater blickte auf und sagte: „Nein, danke. Ich muss gleich ins Krankenhaus.“

Dr. Wong sah nicht einmal von seiner Zeitschrift auf, als er sagte: „Ihr wisst doch, dass ich mir nichts aus Süßigkeiten mache. Außerdem muss ich auch gleich wieder ins Krankenhaus.“

Ich hatte Angst vor Dr. Wong. Seine Augen hinter der goldgerahmten Brille lächelten nie. Anders als Vater machte er auch niemals Späße. Und sein Geruch erinnerte an die kleinen Pflaumenblüten mit ihren rosafarbenen Blütenblättern, die als Einzige an kalten verschneiten Wintertagen in unserem Hof blühten. Ich hatte gehört, wie die Krankenschwestern meinen Vater und Dr. Wong hinter ihrem Rücken „die zwei gutaussehenden Ärzte, Dr. Warm und Dr. Kalt“ nannten. Und obgleich sie unterschiedlicher nicht sein konnten, waren Vater und Dr. Wong gute Freunde. Und beide waren die Lieblingsstudenten von Dr. Smith gewesen. Stundenlang konnten sie sich beim Teetrinken auf Englisch unterhalten. Aus dem ganzen Land kamen Patienten zu ihnen, um sich behandeln zu lassen. Einer war sogar ganz aus dem Norden Chinas gekommen –, die Reise hatte zwei Tage gedauert.

***

„Also, dann gehen wir jetzt Eis essen. Wer kommt mit?" Frau Wong lächelte und blickte mich an.

Meine Augen folgten Niu, wie er sich zur Tür schob. Schnell stellte ich mich vor ihm auf und rief: „Du kannst mich vielleicht im Traum schlagen!" Ich stieß ihn mit dem Ellenbogen an, als wir gleichzeitig durch die Tür stürmten.

„Ling! Benimm dich gefälligst wie eine Dame!" Mutters Geschimpfe folgte mir, als Niu und ich die Treppe hochrannten.

Ich schaffte es gerade so, Erste zu sein, und schlug den goldenen Löwenkopfklopfer gegen die schwere rote Tür. „Erster!" Ich drehte mich um und strahlte ihn an.

Nius blasses Gesicht hatte sich rot verfärbt, und seine Brille war ihm auf die Nasenspitze gerutscht. „Ach komm, ich habe dich doch gewinnen lassen. Du weißt ja, was für ein guter Bruder ich bin." Er schob seine Brille wieder hoch.

Niu war vier Jahre älter als ich, und ich reichte ihm gerade bis zur Schulter. Alle Kinder, die auf dem Gelände lebten, wussten, dass ich einen „großen Bruder“ hatte, der aber nicht bei uns wohnte. Wann immer ich mit ihm im Hof spielte, fühlte ich mich sicher und beschützt. Und Vater sagte immer, als ich geboren wurde, hat er sich gefreut eine Tochter zu bekommen, denn einen Sohn hatte er ja schon: Niu.

Ich dachte, dass Niu der glücklichste Junge von ganz China sein müsste, denn seine Familie besaß nicht nur eine Badewanne, ein Heizgerät und einen Kühlschrank, sondern sie war auch die einzige Familie, die ich kannte, die eine Nähmaschine ihr Eigen nannte.

Frau Wong stellte den Einkaufskorb auf den Mammutbaumholztisch, der in der Mitte ihres Wohnzimmers stand. „Komm mit mir, Ling, ich möchte dir ein paar Stoffe zeigen.“

Sie führte mich zu einer Kommode aus Sandelholz. Die Kommode war mit einem geschnitzten Phönix verziert. In der obersten Schublade waren lauter Decken, in der mittleren farbenfrohe Pullover und in der unteren bewahrte Frau Wong ihre Stoffe auf.

„Welchen möchtest du denn gerne für deine neue Bluse?“ Sie tupfte sich die Stirn mit einem weißen Taschentuch ab.

Und ich stand da, sah den Stapel wunderschöner Stoffe und wusste nicht, wie ich reagieren sollte. Sollte ich höflich sein und sagen „*Nein danke, das ist doch viel zu viel Mühe*“, so wie Mutter es oft tat? Dabei wollte ich wirklich gern eine neue Bluse haben.

„Komm, sei nicht so schüchtern." Frau Wong hob einen Stapel Stoff hoch und hielt ihn mir hin. „Such dir einen aus."

Ich zeigte auf einen dünnen Baumwollstoff, der dasselbe Muster hatte wie die Gardinen der Wongs im Badezimmer: kleine Mädchen, die rote Sonnenhüte trugen und am Strand saßen. Im Hintergrund waren Palmen zu sehen, und Segelboote, die auf dem Wasser trieben. Und über ihnen sah man am Himmel den Mond und die Sterne. Das Muster erinnerte an Bilder aus Vaters Heimatstadt auf der Insel Hainan, weit entfernt im Süden Chinas.

Wann immer ich die Gardinen sah, träumte ich davon, mit Vater im Süden Chinas an einen Strand zu gehen und Muscheln mit ihm zu suchen.

„Sehr schön, meine Liebe, wir haben genug von diesem Stoff, um dir eine Bluse daraus zu machen." Sie gab mir den Stoff und legte die restlichen Stoffe wieder zurück in die Kommode.

Nun folgte ich Frau Wong in die Küche zu ihrer Pedalnähmaschine, einer wunderschönen schwarz-silbernen Nähmaschine, die Dr. Wong ihr zum Hochzeitstag geschenkt hatte. Sie war auf diese neue Maschine fast so stolz wie auf das elektrische Heizgerät. Die Nähmaschine stand in einer Ecke der Küche, von der aus sie durch die hohen Glastüren der Küche, die auf eine Terrasse führten, den Han-Fluss hinter unserem Hof sehen konnte.

Die Wohnung der Wongs war viel größer als unsere. Zum einen mussten sie nicht einen Teil der Wohnung an jemand Fremden abtreten. Und zum anderen war ihr Badezimmer mit Toilette innerhalb der Wohnung und nicht am Ende des Treppenhauses.

„Können wir jetzt endlich Eis essen?“, fragte Niu und zog den Stuhl neben sich unter dem Küchentisch für mich hervor, dann trommelte er mit seinen langen Fingern auf dem Tisch herum.

Ich war froh, dass er gefragt hatte, denn ich konnte es kaum erwarten, das kalte Eis in meinem Mund schmelzen zu fühlen.

Während ich mich neben ihn an den kleinen Küchentisch setzte, nahm ich den Geruch des Waschmittels seiner Kleidung wahr. Ich betrachtete sein Gesicht: Er hatte die Augen seines Vaters mit der Einzellidfalte und die vollen Lippen seiner Mutter. Und anders als die anderen Jungen von unserem Hof war er immer hübsch und sauber gekleidet.

„Geduld“, sagte Frau Wong. Sie ging zum Kühlschrank, der neben den Glastüren stand, und wickelte ihr langes Haar dabei zu einem Dutt. Ich blickte auf ihren Porzellanhals und fragte mich, warum sie nie einen Hitzeausschlag bekam.

Nun wehte eine abendliche Brise vom Han-Fluss herüber. Der Frühling war sehr regnerisch gewesen, und so stand das dunkle grüne Flusswasser ziemlich hoch.

Ein paar Straßen weiter floss der Han-Fluss dann in den breiten und leicht bräunlichen Jangtse. Im Licht der untergehenden Sonne sah der sanft dahinfließende

Han wie ein goldenes Band aus. Autos und Fahrräder fuhren langsam am Flussufer entlang. Die drei Gebäude auf unserem Gelände waren die höchsten der Nachbarschaft, deshalb war die Sicht so gut. Frau Wong hatte mir erzählt, dass unser Gebäude das älteste auf dem Gelände war. Die beiden anderen Gebäude mit den vielen kleinen Wohnungen waren erst nach der Revolution errichtet worden.

Vor unserer Wohnung versperrten Milchbäume den Blick. So nannten Niu und ich die Bäume, die um unser Haus herumstanden, weil weiße Flüssigkeit aus den Stielen der Blätter floss, wenn wir sie abrissen. Ich hatte einst daran geleckt und die Milch schmeckte bitter.

Frau Wong kam jetzt mit zwei Glasschalen und passenden Untertellern zu uns an den Tisch. In jeder Schale waren drei Kugeln rotes Bohneneis. Und auf den Untertellern lagen kleine viereckige in Plastikhaut eingeschweißte Schokoladenstückchen.

Ich nahm einen kleinen Happen Eiscreme. Und weil ich den süßen Geschmack so lange wie möglich im Mund behalten wollte, schluckte ich erst, nachdem das Eis komplett geschmolzen war.

Niu nahm eines der Schokoladenstückchen hoch und sah auf die fremden Schriftzeichen.

„Ist das Englisch?“, fragte ich ihn.

„Nein, das ist doch ganz offensichtlich Deutsch.“ Er wickelte das Stückchen aus und sagte dabei: „Die Deutschen machen gute Schokolade.“

„Ach, mir schmeckt jede Schokolade gut“, antwortete ich.

Ich nahm die Verpackung und glättete sie. Ich mochte es nicht, wenn Niu mit mir sprach, als wäre ich ein kleines Kind, aber ich ließ es mir gefallen, denn er gab mir immer die Verpackung der Schokolade.

Die Kinder in der Schule waren ganz wild nach dieser bedruckten Folie. Es war sehr schwer, sie zu bekommen, denn die meisten Süßigkeiten waren in Papier eingewickelt. Wir benutzen sie als Lesezeichen oder legten weiße Papiere darüber und pausten die Zeichnungen durch. Wenn ich mehrere hatte, konnte ich sie gegen Postkarten mit dem Porträt des Vorsitzenden Mao tauschen. Und diese Postkarten konnte ich dann wieder gegen verzierte Haarklemmen oder sogar kleine mit Blumen bestickte Taschentücher tauschen.

Ein kleiner Lastkahn ließ seine Sirene erklingen, es hörte sich an wie das Muhen einer Kuh. Ich zeigte zum Fluss.

„Wo fahren die Schiffe hin? Fahren sie nach San Francisco?“

Niu rollte verzweifelt mit den Augen. „Das sind Flussschiffe. Die würden es niemals über den großen Pazifik schaffen.“

Ich brummelte vor mich hin. Ich hätte wetten können, dass Niu von Dr. Wong gelernt hatte, so zu sprechen.

Niu starrte auf den Fluss und nahm einen weiteren Happen Eiscreme. „Du musst besser Geografie lernen. Ich werde nachher einige Karten mit dir durchgehen.“

„Ling ist noch nicht mal zehn Jahre alt. Sie wird das noch lernen“, unterbrach Frau Wong ihn.

Niu blickte seine Mutter stirnrunzelnd an und fuhr fort: „Ich werde ihr zeigen, wie weit entfernt San Francisco ist. Sie ist wirklich sehr konfus.“ Er schüttelte den Kopf. „Es ist harte Arbeit, ihr Bruder zu sein.“

Ich wollte ihm eigentlich sagen, dass ich keine Landkarten mag. Aber ich hielt mich zurück. Durch das Fenster sah ich, wie sich der Glatzkopf des Gärtners Zong auf- und niederbewegte. Er war dabei, mehr Blumen neben dem Weg zu unserem Gebäude anzupflanzen. Er hielt den Garten immer sehr ordentlich.

Frau Wong stellte einen Stuhl hinter mich, setzte sich und begann, mir die Haare zu kämmen. Sie machte das sehr sanft, und es ziepte überhaupt nicht so wie bei Mutter.

„Wir sollten dein wunderschönes Haar hochstecken, dann wirst du dich ein bisschen kühler fühlen.“

Ich nickte, und mein Herz flog ihr zu. Mutter hatte mir noch nie gesagt, dass ich schönes Haar hatte. Niu blickte nur so vor sich hin. Fand er mein Haar auch schön? Fand er mich hübsch?

Frau Wong flocht zwei feste Zöpfe und steckte sie um meinen Kopf fest; es sah genauso aus, wie bei dem französischen Mädchen auf dem Gemälde in ihrem Wohnzimmer.

Nachdem wir das Eis verspeist hatten, wechselten Niu und ich uns auf seiner silbernen Mundharmonika ab. Er konnte sehr viele Lieder spielen, sogar die neuen revolutionären. Ich wiederum konnte nicht einmal die Tonleiter und hatte schon bald keine Lust mehr.

„Was möchtest du werden, wenn du groß bist?“, fragte ich ihn und wischte die Mundharmonika an einer Ecke meiner Bluse ab, bevor ich sie ihm zurückreichte.

„Chirurg“, antwortete er, ohne zu zögern. „Und du?“

Im ersten Moment wusste ich nicht mehr, was mein letzter Berufswunsch gewesen war. Ich wollte mal eine Verkäuferin in einer Saftbar werden. Dann könnte ich meinen Eltern Rotebohnensaft verkaufen, ohne dass sie sich in die Schlange stellen müssten. Ich wollte auch mal in einem Stoffladen arbeiten, denn dann könnte ich die schönsten Stoffe für Frau Wong beiseitelegen. Und ich wollte mal Kartenverkäuferin in einem Kino werden, denn dann könnte ich Niu hineinlassen, selbst wenn er keine Eintrittskarte hätte. Aber der Wunsch, der am längsten anhielt, war der, Lehrerin zu werden. Dann würde ich alle Kinder in meiner Klasse nach Hause schicken, die schmutzige Gesichter und laufende Nasen hatten.

„Ich möchte Lehrerin werden“, antwortete ich. Aber ich sagte ihm nicht, warum.

„Ich denke mal, das ist keine schlechte Wahl für ein Mädchen“, sagte Niu. Frau Wong lächelte mir ermunternd zu.

Ich wackelte glücklich auf meinen Stuhl hin und her und grinste Niu an. Er suchte gerade in seinem Notenheft nach einem anderen Lied, das er spielen wollte. Er war genauso ernst wie Dr. Wong. Warum konnte er nicht fröhlicher sein, so wie Frau Wong?

Frau Wong hatte inzwischen den Stoff auf dem Tisch ausgebreitet und zog Linien mit gelber Kreide darauf. Sie hatte auch Mutters rotes Hochzeitskleid entworfen und genäht. Mutter hatte in dem Kleid mit seinem hohen Kragen, den fließenden Ärmeln und dem langen Rock wie eine Fee ausgesehen. Wann immer ich auf das Hochzeitsfoto, das im Schlafzimmer meiner Eltern hing, blickte, träumte ich davon, eines Tages dasselbe Kleid zu tragen und einen Chirurgen zu heiraten, der genauso gut aussehen würde wie Vater.

Nachdenklich betrachtete ich Niu. Seine Brille sah komisch aus. Ich glaubte nicht, dass er zulassen würde, dass ich ihm Zöpfchen ins Haar machte. Also entschied ich, dass ich mir jemand anderen zum Heiraten suchen würde.

Plötzlich hörten wir lautes Geschrei und das Schlagen von Autotüren. Niu rannte auf die Terrasse, Frau Wong und ich folgten.

„Was ist denn da los?“, fragte Niu.

Ein grüner Jeep hatte vor dem Gebäude auf der anderen Seite des Hofs gehalten. Genosse Li und drei Jungen rannten in das Mietshaus. Wir hörten Türen schlagen, Geschirr zerbrechen und jemanden schreien.

„Da passiert etwas Schlimmes. Lasst uns wieder hineingehen“, drängte uns Frau Wong. Aber Niu und ich bewegten uns nicht, und so stellte sich Frau Wong hinter uns und legte ihre Arme um unsere Schultern.

Einige Minuten später schoben Genosse Li und die Jungen jemanden aus dem Gebäude.

„Sie nehmen einen heimlichen/im Geheimen agierenden Volksfeind fest“, sagte ich mit klopfendem Herzen.

„Was für einen heimlichen Volksfeind? Wer oder was soll das denn sein?“, fragte Niu.

Ich zerknüllte einen Teil meiner weißen Bluse in meiner Faust. Wir konnten das Gesicht des Volksfeindes nicht sehen, denn es steckte unter einem weißen Kopfkissenbezug, auf dem in Rot geschrieben stand: KRANKENHAUS NR. 4. Aber es musste sich um eine Frau handeln, denn einer ihrer violettfarbenen Schuhe war vor dem Gebäude liegen geblieben. Ihr Kopf unter dem Bezug zuckte von einer Seite zur anderen, während Genosse Li und die Jugendlichen sie in den Jeep schoben.

Schweiß lief an meinem Rücken hinab. Bisher hatte ich nur in Revolutionsfilmen gesehen, wie Menschen festgenommen wurden.

Würden sie die Frau nun foltern, wie es die Bösen mit den Revolutionshelden taten? Würde sie so tapfer sein, wie die Helden der Revolution in den Filmen, und ihr Geheimnis nicht verraten?

Plötzlich war lautes Pochen am Leitungsrohr neben dem Kamin der Wongs zu vernehmen. Ich lief zum Kamin und rief: „Ja, Mutter!“ Neben unserem Kamin lief dasselbe Rohr entlang wie bei den Wongs, und da wir kein Telefon hatten, nutzten wir das Rohr, wenn es etwas zwischen den Familien zu besprechen gab.

„Komm sofort nach Hause!“, hörte ich Mutters Stimme an dem Rohr.

Frau Wong und Niu brachten mich zur Tür. Sie gab mir einen Kuss auf beide Wangen und flüsterte mir wie immer ins Ohr: „Ich wünschte, du wärst meine Tochter." Mein Herz platzte fast, so sehr wünschte ich mir das auch.

Als ich ihnen zum Abschied zuwinkte, sah ich Tränen in ihren Augen.

„Blutsaugende Gutsherrin“

勇气

Als die Blätter des Milchbaumes begannen, sich gelb und orange zu verfärben, hörte mein Hitzeausschlag auf zu jucken, und die Haut war nicht länger rot. Zum Ende der dritten Klasse war ich die Klassenbeste, und so hatte Lehrerin Hui, die chinesische Literatur unterrichtete, der örtlichen Schulbehörde empfohlen, mich eine Klasse überspringen zu lassen. Ich freute mich sehr, direkt in die fünfte Klasse zu kommen, und selbst wenn ich nun die Jüngste in der Klasse sein würde, war ich mir sicher, dass ich immer die Erste sein würde, die sich meldete, um Fragen zu beantworten.

Lehrerin Hui war sehr schlank und kleiner als Mutter und Frau Wong. Sie hatte eine Dauerwelle in ihrem schulterlangen Haar, und sie verstand es, ein und dasselbe blaue Tuch auf unterschiedlichste Arten zu tragen. Sie las der Klasse oftmals meine Texte vor, während sie langsam zwischen den Pulten entlangging.

Und ab und an lächelte sie mir mit ihren wunderschönen Doppellidfalten-Augen zu. Ich mochte es auch, wie sie ihre lockigen Haare mit den Fingern hinter die Ohren schob.

Am ersten Morgen des neuen Schuljahrs weckte mich Vogelgesang vor meinem Fenster. Ich schlüpfte in mein Kleid mit den großen rotweißen Blumenornamenten, das gleiche, das meine Puppe Bao-bao trug. Das war eines von drei zusammenpassenden Kleidungsstücken, die Frau Wong für meine Puppe und für mich genäht hatte. Bao-bao war meine einzige Puppe. Dr. Smith hatte sie mir vor Urzeiten zu Weihnachten geschickt. Wenn ich sie hinlegte, schlossen sich ihre großen Augen, und wenn ich auf ihren Bauch drückte, gab sie fröhliche, gurgelnde Geräusche von sich.

Ich gab Bao-bao einen Abschiedskuss und streifte mir den Riemen meiner lilafarbenen Schultasche über die Schulter. Während ich mit Mutter hinausging, fuhr ich mit der Hand über den großen gelben Schmetterling, der die Vorderseite meiner Schultasche verzierte.

Anders als sonst hörte ich Genosse Li nicht singen. Er liebte es, Jiang Qings revolutionäre Pekingopern zu singen. Wir wussten dann immer, dass er auf der Toilette war, denn er sang von dem Moment, in dem er hineinging, bis er die Toilettenspülung zum Abschluss betätigte. Vater witzelte immer, dass sich der Gesang wie der eines strangulierten Gespenstes anhörte. Ich aber hasste es, wenn Genosse Li zu singen begann, denn das bedeutete, dass ich mich beeilen musste, um pünktlich zur Schule zu kommen.

Mutter und ich gingen an Genosse Lis weit geöffneter Wohnungstür vorbei, doch er war nicht in seinem Zimmer. Wir sahen ihn dann in der Mitte des Hofs, wie er eine

Gruppe von Nachbarn bei einem Zhong anführte, einem Tanz als Ausdruck der Loyalität des Volkes gegenüber Mao; mit diesem Zhong konnte das Volk ihm seine Liebe zeigen.

Genosse Li sang in ein Megafon, während die Gruppe mitklatschte.

Großer Lehrer, großer Führer,
Du bist die Sonne unserer Herzen.
Geliebter Vorsitzender Mao.
Lang lebe der Vorsitzende Mao.
Lang lebe, lang lebe, lang lebe, lang lebe der Vorsitzende Mao.

Nachbarn warfen ihre Hände in die Luft und traten von einem Bein auf das andere. Und alte Frauen plauderten ein wenig, während sie den tanzenden Nachbarn zusahen. Alte Männer rauchten selbstgedrehte Zigaretten und kleine Jungen schwenkten Bambusrohre und Stöcke wie Schwerter.

Ich fragte mich, ob wohl die Familie des heimlichen Volksfeindes mit dabei war. Seit der Festnahme waren Wochen vergangen, aber niemand hatte jemals darüber gesprochen. Als ich meine Eltern danach fragte, warf mir Mutter einen missbilligenden Blick zu, und Vater sagte: „Das geht nur Erwachsene etwas an.“

Genosse Lis Stimme überschlug sich bei den hohen Noten, und einige junge Krankenschwestern fingen an zu kichern.

Dann fuhr er fort:

Lang lebe der Vorsitzende Mao!
Lang lebe, lang lebe der Vorsitzende Mao!

Einem jungen Arzt flog ein Schuh vom Fuß und landete neben mir. Mit rotem Gesicht kam er angerannt und holte ihn sich wieder. Ich wünschte, ich könnte auch mitmachen und dabei ein paar meiner Ballettdrehungen zum Besten geben. Aber ich wollte nicht zu spät zur Schule kommen.

Als wir unter den Milchbäumen im Hof entlanggingen, zupfte ich ein Blatt ab und leckte die Milch auf. Mutter blickte mich böse an, aber ich war zu glücklich an jenem Morgen, als dass es mir etwas ausmachte. Die Milch schmeckte an diesem Morgen sogar ein bisschen süß, und ich würde in eine Klasse mit älteren Kindern gehen. Keines von denen würde laufende Nasen haben.

Mutter meinte, ich wäre jetzt alt genug, allein zur Schule zu gehen. Wir waren den Weg vorher ein paar Mal abgelaufen. Das Tor unseres Geländes öffnete sich zur viel befahrenen Siegesstraße. Auf der gegenüberliegenden Seite war das Krankenhaus. Zwischen unserem Zu Hause und der Schule war nur die Siegesstraße breit genug für Autoverkehr. Der Rest des Weges führte durch eine kurze enge Gasse. Mutter blieb an der Ecke, die links in die Blumengasse führte, stehen und sagte: „Du kommst, sowie der Vormittagsunterricht zu Ende ist, direkt nach Hause. Und sprich nicht mit Fremden."

Ich nickte fröhlich und hüpfte die Gasse entlang, dabei übte ich, wie ich mich meinen neuen Mitschülern vorstellen wollte: „Hallo, ich bin Ling. Schön, dich kennenzulernen. Wie heißt du?“ Oder: „Hallo. Wie heißt du? Ich heiße Ling.“

Ich fühlte mich ganz erwachsen, weil ich jetzt allein durch die Stadt zur Schule ging. Mit Vater war ich schon öfter im Park gewesen oder beim Konditor, und dabei hatte er mir von der Geschichte der Stadt erzählt. Bevor die Gefolgsleute des Vorsitzenden Mao die Stadt übernommen hatten, lebten hier viele Ausländer. Sie hatten die breiten gepflasterten Straßen anlegen lassen und Schulen, Kirchen, moderne Krankenhäuser, hohe Bürogebäude und moderne Wohnungen mit Küche und Badezimmer bauen lassen. Es war, als ob jemand moderne Gebäude aus westlichen Ländern genommen und überall in unsere Stadt versetzt hatte. Um den Sieg der Revolution zu feiern, wurden viele Straßen umbenannt, etwa in Straße der Großen Befreiung, Siegesstraße, Arbeiter-und-Eltern-Straße oder Straße der Fünf Roten Sterne. Die Mauern der Gebäude, die diese Straßen säumten, waren mit riesigen Wandbildern bedeckt, meist mit Porträts des Vorsitzenden Mao. Und überall in der Stadt hingen rote Fahnen sowie die Wandzeitungen mit ihren Merksätzen.

Die Ausländer waren nun alle weg. Und wenn ich an San Francisco dachte, fragte ich mich, wie die Wandbilder des amerikanischen Vorsitzenden wohl aussahen. Ob der auch so einen komischen Hut trug wie der Vorsitzende Mao?

Wenn ich mit meinen Eltern durch die Stadt spazierte, gingen wir zum Beispiel erst an großen Gebäuden westlichen Stils vorbei, doch wenn wir um die nächste Ecke bogen, befanden wir uns in einer der vielen alten engen gepflasterten Gassen, die von kleinen einstöckigen Häusern mit niedrigen Dächern gesäumt waren. Bei warmem Wetter standen die Türen auf und wir konnten sehen, wie gedrängt die Familien in den kleinen Häusern wohnten. Diese Häuser verfügten über keine Toiletten. Wenn ich unsere große saubere Toilette benutzte, hatte ich oft Mitleid mit den Menschen, die häufig mehrere Straßenzüge weit laufen mussten, um eine schmutzige öffentliche Toilette aufzusuchen, so wie jene am Ende der Blumengasse.

Ich war dort einmal hineingegangen, und hatte gesehen, dass es da drin gar keine richtigen Toiletten gab, sondern nur Löcher im Boden. Ein Mädchen hatte über einem der Löcher gehockt und in einem Bilderbuch geblättert, als ob der Geruch ihr nichts ausmachte. Ich hingegen hatte wegen des Gestanks sofort das Weite gesucht.

Während ich an der öffentlichen Toilette vorbeihüpfte, hielt ich mir die Nase mit einem geblümten Taschentuch zu. Am Ende der Gasse bog ich rechts ab. Dort befanden sich die blau gestrichen Gitter des Eisentores der Schule. Vor dem geöffneten Tor umstanden grölende Mädchen und Jungen eine alte Frau mit weißem Haar und verrunzeltem Gesicht. Sie trug ein Holzbrett vor ihrem Bauch, das sie sich mit einem Strick um den Hals gehängt hatte. Sie verkaufte Wassermelonensamen, die mit Fünfgewürzepulver angemacht waren, und Reisgebäck und fünf Zentimeter langes Zuckerrohr. Mutter würde mir niemals erlauben, etwas von Straßenhändlern zu kaufen. Sie sagte immer, dass diese Süßigkeiten von Keimen nur so wimmelten.

Ich quetschte mich durch die Menge und lief in den Schulhof. Drei Jungen aus meiner alten Klasse ließen gerade weiße Flüssigkeit aus einer Teekanne auf die Erde träufeln, um die Linien für ein Handballfeld zu ziehen. Sie hielten inne, als sie mich sahen. Ich lächelte ihnen zu, und sie grinsten und sahen weg.

Ein riesiges Stoffbanner, auf dem der Vorsitzende Mao mit einer Gruppe von Jungpionieren zu sehen war, hing am dreistöckigen Schulgebäude. Die Jungpioniere drängten sich um den Vorsitzenden Mao, der wiederum seine Arme über sie ausgebreitet hielt. Ich musste an eine Mutterente mit ihren Entenküken denken. Ich freute mich darauf, schon bald zu den Jungpionieren zu gehören und ein rotes Tuch um den Hals zu tragen, genau wie die älteren Kinder auf dem Schulhof. Mit Vaters rotem Seidentuch hatte ich schon mehrmals geübt, den Knoten zu machen.

Ich entdeckte meinen Namen auf der Liste neben dem zweiten Klassenzimmer im Erdgeschoss. Jemand klopfte auf meine Schulter. Es war Hong, meine Freundin aus der dritten Klasse. Sie lächelte und in ihren runden Wangen zeigten sich Grübchen.

„Du überspringst also wirklich eine Klasse?“, fragte sie.

Ich nickte.

„Ich werde dich vermissen“, sagte sie.

„Wir können ja immer noch zusammen spielen", sagte ich und streichelte ihren Arm. „Aber jetzt muss ich los."

Ich konnte es nicht abwarten, endlich meine neuen Klassenkameraden kennenzulernen. Ich holte tief Luft und betrat das Klassenzimmer. Reihen von Holzpulten und langen Bänken füllten den Raum. Eine Gruppe Jungen und Mädchen stand nahe der Tür neben der Tafel zusammen. Und obgleich ich nur eine einzige Klasse übersprang, waren die Fünftklässler viel größer als ich. Die Hälfte von ihnen trug Mao-Anzüge mit roten Halstüchern. Ich vergaß die Begrüßungsformeln, die ich geübt hatte.

Ein Mädchen mit dunkler Haut, die in der Mitte dieser Gruppe stand, rief: „Seht nur, da kommt die blutsaugende Gutsherrin!"

Die ganze Gruppe blickte in meine Richtung und lachte laut. Ich erstarrte. Das kurze Haar des Mädchens war unter der blauen Mütze kaum zu sehen. Ihr blaues Hemd und die blaue Hose waren mit andersfarbigen Flicken an Ellenbogen und Knien geflickt. Sie trug ein altes Paar Armeeschuhe, aus denen ihre großen Zehen herausschauten. Sie sah aus wie ein Bauernkind.

„Ich wette, sie kann krähen wie ein Hahn", sagte ein dicker Junge mit einem Hasengesicht. Die Messingknöpfe auf seinem neuen Mao-Anzug glänzten im Sonnenlicht. Mein Gesicht brannte. Eine weitere Lachsalve erfüllte den Raum.

Sie verglichen mich mit der Gutsherrin aus dem Film *Mitternachtshahn.* Ich hatte den Film letzten Sommer gesehen, als er in allen Kinos lief. In dem Film trug die grausame Gutsherrin ein Kleid mit großen Blumenornamenten. Sie und ihr Mann hatten die Arbeiter angewiesen, zur Arbeit zu gehen, wenn der Hahn krähte. Um Mitternacht krähte die Frau wie ein Hahn, und brachte die Arbeiter so dazu, lange vor Sonnenaufgang mit der Arbeit zu beginnen.

Ich biss mir auf die Lippen, um meine Tränen zurückzuhalten. Mein Kleid war mit großen Blumenornamenten bedruckt, aber ich war keine böse Gutsherrin! Ich konnte auch nicht krähen wie ein Hahn – ich konnte Hähne noch nicht einmal leiden. Jetzt rollten mir Tränen die Wangen hinab. Die Gruppe hörte nicht auf, bis die Schulglocke läutete.

Während des Vormittags hatten wir vier verschiedene Fächer: chinesische Schrift, chinesische Geschichte, Mathematik und Zeichnen. Während der Pause wechselte niemand ein Wort mit mir. Ich saß ganz allein und starrte auf das riesige Mao-Porträt, das über der Tafel hing, und fragte mich, was ich falsch gemacht hatte.

Lachen und das Geräusch aufprallender Bälle drangen durch die Fenster. Warum waren die anderen so fröhlich? Wie dumm war ich gewesen, mich den ganzen Sommer über auf diesen Tag zu freuen? Wie sollte ich den Rest des Schuljahrs in dieser Klasse überleben?

Ich konnte es kaum abwarten, alles Mutter zu erzählen, wenn ich zum Mittagessen zu Hause war. Letztes Jahr war mir gleich am ersten Schultag ein Junge auf meine neuen Schuhe getreten. Mutter hatte mit seinen Eltern gesprochen, und dann hatte sich der Junge entschuldigt und mich nicht mehr geärgert.

Nach dem Vormittagsunterricht rannte ich nach Hause und erzählte Mutter von den gemeinen Mitschülern und fragte: „Kannst du mit ihren Eltern sprechen?"

Mutter runzelte nur die Stirn und sagte ungeduldig: „Zieh das Kleid nicht wieder in die Schule an."

An dem Nachmittag zog ich eine weiße Bluse und blaue Hosen an, bevor ich wieder zur Schule ging, und hoffte, nun würde niemand mehr auf mir herumhacken. Aber kaum hatte ich das Klassenzimmer betreten, schrie Yu, das Mädchen mit den kurzen Haaren: „Die kleine Gutsherrin tut jetzt so, als ob sie zur Arbeiterklasse gehört!" Dann drohte sie mir mit ihrem schmutzigen Finger und rief: „Wir Revolutionäre können einen Wolf unter ihrer menschlichen Haut riechen."

„Wolf, Wolf, Wolf!", skandierten nun ihre Freunde.

Ich blickte auf ihre schmutzige mit Flicken übersäte Kleidung und flüsterte: „Ich bin lieber ein Wolf als so auszusehen wie du."

Dann bewegte ich mich zu meinem Platz, und der Junge mit dem Hasengesicht schnüffelte an mir, als ich an ihm vorbeiging. Die anderen lachten und gaben auch Schnüffelgeräusche von sich. Mein Rücken war sofort schweißbedeckt, und meine Knie zitterten unter dem Pult, bis der Unterricht begann.

Warum schikanierten sie mich ohne den geringsten Grund?

Sie hörten nicht auf, bis der Mathelehrer das Klassenzimmer betrat. Er war ein ernster alter Mann mit dicken Brillengläsern. Zum allerersten Mal wünschte ich mir, der Matheunterricht würde niemals enden. Während der Pausen blieb ich auf meinem Platz sitzen und tat so, als ob ich in Maos kleinem rotem Buch las. Glücklicherweise führte Yu alle nach draußen, um jemand anderen zu drangsalieren.

Erst später erfuhr ich, dass der Junge mit dem Hasengesicht Gao hieß und sein Vater eine wichtige Person war, die von der Armee in unseren Distrikt versetzt worden war, um die Kulturrevolution zu überwachen.

Yu und Gao fuhren fort, mich zu schikanieren und eine blutsaugende Gutsherrin zu nennen. In weniger als einer Woche hatten alle anderen in der Klasse aufgehört, meinen richtigen Namen während der Pausen zu verwenden. Ich versuchte das, so gut es ging, zu ignorieren. Hätte ich all das vorher gewusst, hätte ich niemals eine Klasse übersprungen.

***

Eines Morgens Mitte September war Vater nicht beim Frühstück.

„Wo ist Papa?", fragte ich Mutter.

Sie stellte ein Glas hausgemachte Sojamilch und einen Teller mit zwei Dampfbrötchen sowie Streifen vegetarischer Wurst auf den Tisch und antwortete: „Er ist schon los, um nach einem seiner Patienten zu sehen."

Ich wollte gerade fragen, ob ich ihn noch vor der Schule sehen würde, als wir durch das Leitungsrohr am Kamin jemanden von oben weinen hörten. Ich hörte auf zu essen. „Hörst du das? Jemand weint." Es war Frau Wong. Ich sprang auf.

„Du bleibst hier und isst dein Frühstück! Ich gehe." Mutter rannte zur Tür. Ich hatte sie noch nie rennen sehen. „Frauen sollten mit Anmut schreiten", sagte sie stets zu mir.

Ich ließ mein Frühstück stehen und presste mein Ohr gegen das Rohr, doch die Worte waren kaum zu verstehen. Ich wünschte mir, mich in einen kleinen Käfer zu verwandeln, um das Rohr hinaufklettern zu können. Endlich kam Mutter wieder zurück – mit Tränen in den Augen.

„Dr. Wong ist letzte Nacht, nachdem Genosse Li ihn in sein Büro bestellt hatte, verschwunden."

Ich war zu erschrocken, um zu weinen. Was war mit Dr. Wong geschehen? Ich hoffte, mein Freund, Genosse Li, würde uns helfen, ihn zu finden. Er kannte ja so viele Leute, sogar den Polizisten.

„Bitte, Mama, ich möchte zu Frau Wong."

„Nein, im Moment ist sie zu durcheinander. Los jetzt, sonst kommst du noch zu spät zur Schule." Mutter hing mir die Schultasche über die Schulter und schob mich zur Wohnungstür hinaus.

An diesem Tag nahm ich kein Wort von dem auf, was Lehrerin Hui uns beibrachte. Meine Gedanken waren so geschäftig wie der Verkehr auf der Siegesstraße. Ich wünschte mir, ich könnte Lehrerin Hui Fragen stellen: Was ist mit Dr. Wong passiert? Hat es mit seinem Bruder in Hongkong zu tun? Hängt es damit zusammen, dass er ein Student von Dr. Smith war? Und wenn ja, was ist dann mit Vater?

Am selben Abend trafen Vater und ich im Treppenhaus auf Genosse Li, der gerade von der Toilette kam.

„Guten Abend, Genosse Li“, sagte Vater. „Könnten Sie mir bitte sagen, was mit Dr. Wong geschehen ist?“

Genosse Li bahnte sich grob seinen Weg zwischen uns hindurch. „Dr. Wong ist ein Staatsfeind. Er hat sich angemaßt, einen Brief zu schreiben, in dem er den Vorsitzenden Mao kritisiert“, sagte er laut. „Mehr muss ich nicht sagen. Mehr geht euch nichts an.“ Er knallte die Tür hinter sich zu.

Ich war sehr erschrocken, dass er Dr. Wong einen Feind genannt hatte. Warum sollte er den Vorsitzenden Mao kritisieren? War Genosse Li böse mit Vater, weil er Dr. Wongs bester Freund war?

In dieser Nacht blieben Vater und Mutter lange auf und flüsterten in ihrem Schlafzimmer. Ich lag in meinem Bett und hielt Bao-bao fest im Arm. Meine Angst um Dr. Wong und Vater fraß an mir wie Ratten an einem Sack Reis.

Ob die Schmetterlinge wieder zu mir kommen?

勇气

In den folgenden Wochen verbrachte ich so viel Zeit wie möglich neben dem Leitungsrohr am Kamin und lauschte. Frau Wong weinte sehr viel. Von Niu hörte ich nicht mal den leisesten Mucks. Ich dachte, dass er sich in seinem Zimmer verkrochen haben musste, wie damals, als seine Fische gestorben waren.

Ich wollte bei ihnen sein, aber Mutter erlaubte mir nicht mehr, sie zu besuchen. Ich wusste, dass sie, spät in der Nacht, wenn Genosse Li nicht zu Hause war, nach oben ging. Ich sah, wie Mutter abends unseren Bambuskorb mit Essen, Medizin und sauberer Kleidung packte. Und am nächsten Morgen war der Korb leer. Eines Nachts, als Mutter gerade den Korb gepackt und in den Flur gestellt hatte, schlüpfte ich aus dem Bett. Und als Mutter in der Küche war, versteckte ich Bao-bao unter einer Tüte mit Kräutermedizin. Ich hoffte, Bao-bao würde Frau Wong helfen, nachts zu schlafen, und sie am Tage trösten.

***

Einige Tage später, als ich von der Schule nach Hause kam, stand Genosse Li mit einem Megafon in der Hand vor unserem Gebäude. Er trug einen breiten blauen Gürtel über seiner Mao-Uniform und sah damit größer und dünner aus als sonst. Ich versteckte mich hinter dem Stamm eines Milchbaums und beobachtete das Geschehen.

Junge Leute in Mao-Anzügen strömten in und aus unserem Wohnhaus. An ihren rechten Oberarmen trugen sie rote Armbinden, auf denen in gelben Schriftzeichen ROTE GARDE stand. Zwei von ihnen trugen Frau Wongs Nähmaschine aus dem Haus. Vier andere ihren Kühlschrank. Ihr flugzeugförmiges Heizgerät wurde nahe der Treppe in Stücke zerschlagen. Nachbarn sahen hinter den Gardinen stehend zu.

Genosse Lis Stimme dröhnte durch das Megafon im ganzen Hof. „Wir haben diese bourgeoisen Gegenstände im Namen der Kulturrevolution konfisziert."

Wie konnte das derselbe Mann sein, der für mich Zaubertricks gemacht hatte und auf der Toilette sang? Ich hielt die Luft an und rannte nach oben. Zu meiner Überraschung saß Mutter am Esstisch und starrte eine leere Wand an. Warum stand sie Frau Wong nicht zur Seite? Warum holte sie Vater nicht nach Hause, um uns zu beschützen? Würden die Roten Garden als Nächstes unsere Sachen holen? Ich hatte Angst, Mutter diese Fragen zu stellen.

In der Nacht hatte ich einen furchtbaren Traum: Vater wurde von einer Bande von Leuten ohne Gesichter abgeführt. Ich wachte davon auf und wollte zum Schlafzimmer meiner Eltern laufen. Doch Vater saß, eingewickelt in eine schwere Baumwolldecke, im Wohnzimmer neben dem Beistelltisch, auf dem das Radio stand. Das gelbe Licht von der kleinen Lampe warf seinen Schatten an die Wand. Alles, was das Radio von sich gab, war ein Summen – so wie von ganz kleinen Mücken.

Vater erklärte mir, dass die Regierung ausländische Sender störte, denn der Vorsitzende Mao wollte, dass wir nur noch das Zentrale Volksradio aus Peking hörten. Dort wurden immer und immer wieder Jiang Qings Propaganda-Lieder und Maos Reden abgespielt.

„Papa, was wolltest du hören?“, flüsterte ich.

Vater stellte das Radio aus und hob eine Ecke seiner Decke. Sein Schatten an der Wand sah jetzt aus wie der eines sitzenden Buddhas.

„Voice of America“, flüsterte er zurück.

In diesen Tagen mussten wir sehr viel flüstern, besonders wenn wir über die Golden Gate Bridge sprachen oder Voice of America hörten oder ich Englischunterricht bekam. Ich kletterte auf seinen Schoß und kuschelte mich unter der Decke an ihn. Er war warm und roch nach Desinfektionsmittel.

„Papa, warum wollen manche nach Amerika?“, fragte ich.

„Pssst!“ Vater hielt einen Finger an seine Lippen.

Wir blickten hinüber zu Genosse Lis Zimmer. Seit Vater Genosse Li gefragt hatte, was mit Dr. Wong geschehen war, klopfte er nicht mehr an die kleine Tür in der Tür. Und von mir nahm er auch keine Notiz mehr, wenn wir uns im Treppenhaus begegneten. Es war, als hätte ein böser Zauber ihn von einem lustigen Affen in eine giftige Schlange verwandelt.

„Sie wollen Freiheit“, flüsterte Vater.

„Was ist Freiheit?“, flüsterte ich zurück.

Vater trug mich jetzt in mein Schlafzimmer zurück. „Freiheit ist, wenn du lesen kannst, was du willst, und sagen kannst, was du denkst.“

Ich wollte ihn fragen, ob in Amerika auch Menschen verschwinden. Aber als ich merkte, wie traurig er aussah, fragte ich lieber nicht, denn über Dr. Wong zu sprechen, machte ihn noch trauriger.

„Können wir im Englischunterricht morgen darüber sprechen, was die Leute in Amerika essen?“, fragte ich und schlüpfte wieder unter meine weiche Seidenbettdecke.

„Können wir. Und jetzt schlaf.“ Vater küsste mich auf die Stirn.

***

Mutter brachte immer weniger Essen mit nach Hause. Am Nationalfeiertag, dem 1. Oktober, kam sie mit einem ganz leeren Korb zurück. Mit müder Stimme sagte sie zu Vater: „Alle sind nur noch damit beschäftigt, an der Kulturrevolution teilzunehmen.“ Vater hielt einen Finger an seine Lippen und warf einen Blick hinüber zu Genosse Lis Zimmer. Daraufhin flüsterte Mutter ihm zu: „Ab jetzt wird alles rationiert." Sie holte kleine Marken in verschiedenen Farben aus ihrer Tasche und erklärte: „Rot ist für einen Jin Fleisch, Blau ist für fünf Eier und Gelb ist für zwei Seifenstücke."

Ich blickte auf die bunten Marken und wünschte mir, sie würden sich sofort in Fleisch und Eier verwandeln.

An dem Sonntag gingen Mutter und ich mit den roten Marken zu dem Geschäft, wo das Fleisch verkauft wurde.

„Es gibt kein Fleisch mehr", sagte die Verkäuferin. „Kommt in drei Tagen wieder."

Und obwohl alle Regale leer waren, warteten die Menschen noch immer in langen Schlangen vor dem Geschäft.

An dem Tag aßen wir nur Reis, verschrumpeltes Gemüse und ein wenig getrocknetes Fleisch.

Als es kälter wurde und das Laub von den Bäumen fiel, verwandelte sich die Essenszeit in ein Ich-habe-keinen-Hunger-Spiel. Es begann immer damit, dass Mutter sagte, sie wäre nicht hungrig, dann gab sie ihre Portion Fleisch oder Eier an mich oder Vater weiter. Vater gab das Essen wieder an sie zurück. Und zum Schluss landete alles in meiner Schüssel. Ich konnte einfach nicht begreifen, warum Mutter nicht hungrig war. Ich war von morgens bis abends hungrig.

In der Woche vor meinem zehnten Geburtstag fragte ich Mutter beim Essen, wann wir neuen Stoff für mich kaufen gehen würden, denn bislang hatte ich zu jedem Geburtstag neue Kleidung bekommen. Mutter sagte, das wäre wichtig, damit mich die bösen Geister im neuen Lebensjahr nicht erkennen könnten. Um außerdem hatte ich zu meinem Geburtstag immer zehn Teigtaschen als Glücksbringer zu essen bekommen. Ich träumte schon von Mutters Teigtaschen gefüllt mit Kohl und Schweinefleisch serviert mit der Ingwer-Sesam-Sauce. Ich spürte den köstlichen Geschmack praktisch schon auf der Zunge.

Da es aber nur noch sehr selten Fleisch gab, hoffte ich zumindest auf neue Kleidung. Zwar zog ich keine geblümten Kleider mehr zur Schule an, aber zu Hause trug ich sie noch immer besonders gern. Sie erinnerten mich an glücklichere Zeiten.

Mutter blickte zu Vater hinüber und senkte ihre Essstäbchen. Dann sagte sie langsam: „Ling, Stoffe werden inzwischen auch rationiert, und wir müssen unsere Ration für Winterkleidung aufbewahren."

Sofort rollten mir Tränen über die Wangen. Ich passte schon jetzt nicht mehr in die Kleider vom letzten Jahr, und ohne neue Kleider würden keine Schmetterlinge auf mir landen. Mutter seufzte tief und schloss die Augen.

Vater stellte seine Reisschale ab, strich mir sanft übers Haar und sagte zu Mutter: „Ich brauche dieses Jahr keine neue Winterkleidung, nimm meine Kleidermarken, um Stoff für Ling zu kaufen."

Mutter schüttelte den Kopf. „Immer verwöhnst du sie."

Mit ihren Elfenbein-Essstäbchen ergriff sie ein großes Stück gebratenen Fisch und legte ihn energisch in meine Reisschale. Ich war froh, dass sie mir noch ein Stück Fisch gab, wünschte mir aber, dass sie aufhörte, mich wie ein

Baby zu behandeln. Wenn ich alt genug war, mir selbst die Zöpfe zu flechten, dann war ich ganz gewiss alt genug, um mir selbst Essen zu nehmen. Eigentlich fand ich es nicht gut, Vaters Kleidermarken zu benutzen, aber ich hatte doch schon so lange nichts Neues mehr zum Anziehen bekommen.

Im letzten Jahr hatte das Stoffgeschäft etwa 30 Stoffballen mit Blumenmustern in den Regalen liegen. Und selbst nach zwei Stunden konnte ich mich nicht entscheiden, ob ich den Stoff mit den kleinen weißen Lotusblüten mit grünen Blättchen wollte oder doch den mit den großen gelben Chrysanthemensträußen in goldenen und blauen Vasen. Vater hatte dann vorgeschlagen, dass ich beide Stoffe bekomme, den Lotusstoff für eine Bluse und den mit den Chrysanthemen für einen Rock. Mutter und ich brachten die Stoffe dann zu Frau Wong, die mir mit ihrer wunderschönen Nähmaschine Rock und Bluse daraus nähte. Und aus den Stoffresten machte sie mir einen Sonnenhut.

Als Vater mich damals in den neuen Kleidern sah, hatte er gesagt, dass ich von den Chrysanthemen in unserem Hof kaum zu unterscheiden wäre. Das waren die letzten Blumen, die vor dem Winter blühten. Und als ich mich zu den Chrysanthemen stellte, hatten sich sogar einige der großen schwarz-goldenen Schmetterlinge auf mein Kleid gesetzt.

Wann immer ich diese Kleider trug, wenn ich Vater im Krankenhaus besuchte, kamen die jungen Krankenschwestern zu mir und sagten: „Du bist ja eine wunderschöne kleine Blume." Und sie steckten mir Bonbons und getrocknete süße Pflaumen in die Taschen. Ich genoss diese Aufmerksamkeit und die Geschenke, aber ich mochte es nicht, wenn sie mir in die Wangen kniffen.

Rock und Bluse waren mir jetzt zu klein geworden.

***

Mutter holte mich von der Schule ab, und als wir zum Stoffgeschäft Nummer Eins gingen, war ich so glücklich wie schon lange nicht mehr. „Letztes Jahr sind die Schmetterlinge nur fünf Mal auf mir gelandet. Ich glaube, das Blumenmuster war zu klein. Dieses Jahr versuche ich, ein größeres zu finden", sagte ich zu Mutter. Natürlich konnte ich meine neuen Kleider nicht in die Schule anziehen, aber zu Hause oder wenn ich mit Vater ausging.

Doch als wir das Stoffgeschäft betraten, waren fast alle Regale leer. Die einzigen Stoffballen, die wir entdeckten, waren dunkelblau.

„Wollen Sie Stoff für einen Mao-Anzug kaufen?", fragte eine hochgewachsene Frau hinter dem Verkaufstresen. Sie griff nach einem blauen Stoff, der um eine lange Pappe gewickelt war, und wickelte einige Bahnen Stoff auf den Tresen ab; es war derselbe Stoff aus dem ihre Jacke gemacht war.

„Nein. Ich möchte geblümten Stoff", flüsterte ich Mutter zu, die mir zwar noch in den Arm kniff, aber da war es schon geschehen.

Die Frau wiederholte laut und in schneidendem Ton: „Geblümten Stoff?“ Andere Kunden im Geschäft starrten zu uns herüber. Die Frau wedelte mit ihrer knochigen Hand. „Das ist bourgeois! Wir sind ein Revolutionsgeschäft. Wir verkaufen keine idiotisch geblümten Kleiderstoffe!“

Mutter nahm meine Hand und zog mich aus dem Laden. Die Verkäuferinnen lachten laut hinter uns her.

Auf dem Heimweg war Mutter still. Massen von dunkel gekleideten Menschen quetschten sich auf dem Bürgersteig an uns vorbei und stießen dabei an meine Schultern. Ich nahm meinen ganzen Mut zusammen und fragte Mutter mit leiser Stimme: „Mama, was bedeutet bourgeois? Warum sind geblümte Stoffe bourgeois?“

Mutter griff nach meiner Hand und brachte mich unter einem großen Banner des Vorsitzenden Mao zum Stehen. Mit einem ängstlichen Blick im Gesicht flüsterte sie: „Hör bitte mit diesen Fragen auf.“

„Aber warum denn?“, flüsterte ich zurück.

„Weil ich keine Antworten darauf habe.“ Sie ließ meine Hand los und ging weiter.

Maos Gesicht lächelte mich von dem Banner an, so wie immer. Uns wurde jeden Tag gesagt, dass er uns liebte und unser Retter war. Würde er mir dabei helfen, einen geblümten Stoff für meinen Geburtstag zu bekommen?

Als wir unseren Hof betraten, hörten wir Jubelrufe und Geschrei. Die Roten Garden, die Frau Wongs Wohnung geplündert hatten, waren zurück. Ihre schmutzigen Gesichter waren mit Sojasauce verschmiert. Triumphierend stimmten sie einen Gesang an, während sie die Blumen, die Gärtner Zong gepflanzt und gepflegt hatte, herausrissen und zertrampelten. Einige wenige schwarz-goldene Schmetterlinge flogen über die zerstörten Blumen und zerbrochenen Äste hinweg. Gärtner Zong hockte vor seiner Einzimmerwohnung mit den Ellenbogen auf den Knien und den Händen hinter dem Kopf gefaltet. Als wir an ihm vorübergingen, blickte er nicht auf.

Am nächsten Tag flüsterte Vater Mutter zu, dass zwei weitere Ärzte aus seiner Station verschwunden waren.

Der entsetzliche Geburtstag

勇气

Von Tag zu Tag hatte ich mehr Fragen. Aber ich wusste nicht, wen ich fragen sollte. Vater sagte schon lange nicht mehr: „Kluge Kinder stellen immer Fragen." Stattdessen sagte er jetzt: „Kinder müssen nicht alles wissen."

Die Luft in der Stadt war schwer vom Geruch nach Druckerschwärze und Kleister. Alles war bedeckt mit Schichten von Mao-Porträts und Wandzeitungen. Aus Lautsprechern krächzten Tag und Nacht dieselben Lieder, es war, als folgten mir beständig Tausende von Krähen.

Der Osten ist rot, die Sonne geht auf,
China hat Mao Zedong hervorgebracht.
Er arbeitet für Glück des Volkes,
Er ist der Erlöser des Volkes!

Ich konnte mich nicht an eine einzige schöne Sache erinnern, die er für mich getan hatte, um mich glücklich zu machen. Aber das sagte ich natürlich niemandem. Mutter hatte mir von einem acht Jahre alten Jungen erzählt, der bei der Polizei angezeigt worden war, weil er zu jemandem gesagt hatte: „Revolution heißt, hungrig zu sein." Seine Eltern, die auch Ärzte waren, waren beschuldigt worden, ihm konterrevolutionäre[12] Ideen in den Kopf gesetzt zu haben.

Drei Tage später war die ganze Familie in ein Umerziehungslager verbannt worden.

Ich hörte auf, den Nachbarn „Guten Tag" zu sagen, wenn wir uns im Vorbeigehen begegneten. Mutter hatte mir früher beigebracht, dass ein guterzogenes Kind Älteren immer mit Respekt begegnet und sie begrüßt, indem es sagt: „Guten Morgen, Onkel oder Tante[13]." Doch in letzter Zeit, wenn ich sie begrüßte, taten sie entweder so, als hätten sie mich nicht gehört, oder blickten mich an, als wäre ich eine Fremde.

Nachbarn plauderten nicht mehr im Hof miteinander oder besuchten sich gegenseitig nach dem Abendessen.

In der Schule hatten Gao und Yu nichts anderes zu tun, als jedem, der es wissen oder nicht wissen wollte, zu erzählen, dass ich nicht aus einer Arbeiterfamilie, sondern einer bourgeoisen Familie stammte.

Ich hatte ihnen immer wieder gesagt, dass meine Eltern jeden Tag im Krankenhaus arbeiteten, aber das wollte niemand hören. Sie wiederholten nur, dass ausschließlich Eltern, die in einer Fabrik, in der Armee oder in der Landwirtschaft arbeiteten, zur Arbeiterklasse gehörten.

---

12 Ein Konterrevolutionär ist ein Gegenrevolutionär, also ein Antikommunist oder Oppositioneller

13 Ältere Menschen wurden in China respektvoll mit Onkel und Tante angesprochen.

Nachdem alle mitbekommen hatten, dass ich zu einer bourgeoisen Familie gehörte, sprachen selbst meine alten Freunde nicht mehr mit mir.

Wenn Hong und ich uns in der Schule begegneten, blickte sie sofort zur Seite. Und als ich versuchte, mit ihr zu sprechen, flüsterte sie: „Ich möchte nicht für eine Sympathisantin der Bourgeoisie gehalten werden“, und lief weg.

Immer wieder wünschte ich mir, meine Eltern wären arm und arbeiteten auf einem Gemüsehof, wie die von Yu, denn dann würde ich auch Freunde finden. Aber wenn meine Eltern in der Landwirtschaft arbeiteten, wer würde dann ihre Patienten behandeln?

Yu beschwerte sich oft darüber, dass sie die Kleidung auftragen musste, die zuvor ihre sechs älteren Schwestern getragen hatten. Vielleicht hatte meine Kleidung deshalb keine Flicken, weil mein Vater sich damit zufriedengegeben hatte, nur eine Tochter zu haben. Und so brauchte ich keine Kleidung aufzutragen.

Ich wünschte mir immer, Yus Eltern hätten nach Tochter Nummer sechs Schluss gemacht. Dann gäbe es keine Yu, die mich drangsalierte. Und bei sieben Töchtern hatte ihr Vater doch bestimmt auch nie Zeit gehabt, sich mit ihr zu unterhalten.

Morgens, bevor ich zur Schule ging, ermahnte mich Mutter regelmäßig: „In einen geschlossenen Mund können keine Keime eindringen.“ Eigentlich hätte ich antworten sollen, dass sie sich keine Sorgen machen musste, denn da ich keine Freunde in der Schule hatte, konnte ich auch mit niemandem reden. Aber ich schämte mich zu sehr, ihr das zu erzählen.

Und obwohl ich die Beste in Mathematik und in/im Schreiben war, schlug mich niemand für die Jungpioniere vor.

Ich gehörte zu den ganz wenigen in meiner Klasse, die kein rotes Halstuch trugen. Ich hasste die Schule.

***

Am Nachmittag des 29. Oktober, an meinem zehnten Geburtstag, sprang ich von meinem Stuhl auf, denn ich hatte meinen Vater vor unserem Klassenzimmer stehen sehen. Ich rannte zu ihm und fragte: „Wo gehen wir hin, Papa?"

„Wir gehen heim", antwortete er, ohne meine Schulter zu streicheln, wie er es sonst tat.

Vater holte mich manchmal nachmittags ab, bevor die Schule aus war. Und ich war immer froh, ihn zu sehen, besonders wenn ich dadurch die tägliche Geschichtsstunde abkürzen konnte und nicht endlose Daten und Namen der Schlachten, die der Vorsitzende Mao gewonnen hatte, auswendig aufsagen musste.

***

Im Jahr zuvor, wenn Vater mich abgeholt hatte, waren wir immer mit dem Bus Nummer 7 drei Stationen gefahren zu unserer Lieblingskonditorei, Hing Shing, in der es westliche Süßigkeiten gab. Die Verkäuferin dort begrüßte uns besonders freundlich, wenn wir durch die roten Holztüren eintraten. Sie war eine fröhliche mittelalte Frau in einer weißen Uniform. Der kleine Laden hatte eine hohe Glastheke, hinter der dunkle Schokoladenkuchen und viele andere süße Leckereien ausgestellt waren, auch mein Lieblingsgebäck in der Form von Kuhhörnern.

Da Mutter aber gesagt hatte, dass Vater nach den anstrengenden Operationen ruhen sollte, anstatt mich mit in die Stadt zu nehmen, hielten wir unsere Konditoreibesuche geheim. Unser geheimer Code dafür hieß: „Komm, wir lassen uns von der Kuh aufs Horn nehmen."

Und dann setzten Vater und ich uns an einen der drei kleinen runden Tische vor der Konditorei Hing Shing, aßen unsere Leckereien, unterhielten uns und tranken Kaffee, während wir die vorbeigehenden Fußgänger beobachteten, und die Fahrräder und Busse. Wir hatten uns immer sehr viel zu erzählen. Ich machte mir zwar nichts aus dem bitteren Kaffee, aber ich nahm kleine Schlückchen davon, so wie Vater es machte. Gebildete Menschen tranken Kaffee, und ich wollte einer von ihnen sein, wenn ich erwachsen war. Das kuhhornförmige Gebäck war mit dickem Hagelzucker überzogen und einer luftigen Creme gefüllt. Vater sagte mir, dass ich sehr kunstfertig wäre, in der Art, wie ich das Gebäck verzehrte. Ich leckte nämlich erst den Zucker von der Außenfläche ab, bevor ich meine Zunge in die süße Creme versenkte. Wenn ich keine Creme mehr erreichen konnte, biss ich über meiner Kaffeetasse ein wenig vom Gebäck ab. Die buttrigen Krümel fielen in die Kaffeetasse und schwammen dann auf der

Oberfläche. Und wenn ich alles aufgegessen hatte, löffelte ich den Kaffee mit einem kleinen Zuckerlöffel, genau wie Vater es tat. Jetzt schmeckte der Kaffee süßer, nicht mehr so bitter. Und bevor wir gingen, kauften wir noch ein Kuhhorngebäck für Mutter, das die freundliche Verkäuferin in einen kleinen Karton packte. Und wenn Mutter uns fragte, wo denn das Gebäck herkäme, antworteten wir, dass eine vorbeiziehende Kuh es uns für sie mitgegeben hätte.

***

Das letzte Mal, als wir die Hing-Shing-Konditorei besuchen wollten, waren ihre Türen mit langen roten Papierstreifen versiegelt, auf denen die Worte

BOURGEOISES NEST

standen.

Heute hoffte ich, dass wir etwas Besonderes zu Ehren meines Geburtstags machen würden, und fragte: „Können wir zum Han-Fluss laufen?“ Das war unser neuer Lieblingsort. Wir setzten uns immer an sein Ufer, zählten die vorbeifahrenden Schiffe und übten unser Englisch. Da tagsüber nur sehr wenige Menschen dort waren, fühlten wir uns sicher.

„Nicht heute“, antwortete Vater und nahm meine Hand. Ich musste große Schritte machen, um mit ihm mitzuhalten. Die Luft war kalt und feucht. Es roch nach verbranntem Papier. Ein paar Regentropfen fielen auf mein Gesicht. Die Sonne versuchte durch die dunklen Wolken zu kommen.

Ich wollte ihn nach dem Grund fragen, aber Vaters sehr ernster Gesichtsausdruck hielt mich zurück.

In unserem Hof schlugen Genosse Li und die Roten Garden gerade neue Wandzeitungen an die Baumstämme und die drei Gebäude. Die Luft war wieder schwer vom Geruch frischer Druckerschwärze. Auf einem weißen Blatt entdeckte ich Vaters Namen in großer schwarzer Schrift, und der Name war mit einem blutroten X ausgestrichen.

„Warum machen sie das, Papa?“, flüsterte ich. Vater hielt meine Hand noch fester und ging schneller, ohne zu antworten. Kaum waren wir in unserer Wohnung angekommen, machte er im Kamin ein Feuer und warf seine Briefe und Bücher hinein. Stückchen von verbranntem Papier flogen im Kamin auf wie erschrockene schwarze Schmetterlinge. Sogar seine rote Krawatte warf er in das Feuer und das Englischbuch, das wir selbst gemacht hatten. Langsam fraß sich das Feuer durch das Bild des kleinen Mädchens: erst durch ihr Kleid, dann ihre Eiscreme und zum Schluss durch ihr Gesicht und ihre Haare. Ich saß derweil in Vaters großem Ledersessel und kämpfte mit den Tränen; ich fühlte, dass meine glücklichen Tage mit dem Mädchen verbrannten.

Vater nahm das Bild mit der Golden Gate Bridge von der Wand. Ich hielt die Luft an, während er es anstarrte. Zum Schluss hing er es wieder auf. „Ich kann es nicht. Noch nicht“, murmelte er. Ich atmete aus.

Ich hatte gedacht, Genosse Li wäre mein Freund. Ich hatte ihm alles, was er kaufen wollte, gegeben. Warum war er jetzt so böse zu uns? Ich hätte das Kauf- und Verkaufsspiel niemals mit ihm spielen sollen. Ich rannte in mein Zimmer und holte den Korb mit den Origami-Figuren. Und als Vater noch mehr Bücher zum Verbrennen holte, schmiss ich die ganzen Origami-Figuren von Genosse Li ins Feuer.

Mutter kam ins Wohnzimmer gerannt, dann gingen Vater und sie in die Küche und flüsterten miteinander. Ich hörte Vater fragen: „Frau Wong?", und Wortfetzen meiner Mutter: „Rote Garden … Umerziehungslager …"

Was wollten sie Frau Wong dieses Mal antun? Ich wünschte, eine Fee könnte durch ihre langen geöffneten Glastüren fliegen und sie und Niu davontragen.

Ich biss auf meiner Unterlippe herum und warf einen schnellen Blick in die Küche. Mutter stopfte Flaschen mit Kräutermedizin und Reiskuchen in einen kleinen Reisbeutel aus Stoff. Vater stand neben dem Fenster und blickte in den Hof.

Mit ernster Stimme sagte er leise: „Sei vorsichtig. Komm schnell zurück."

Mutter nickte und rannte mit dem braunen Beutel aus der Tür. Einige Augenblicke später erscholl lautes Schreien vom Hof. Vater rannte zum Kamin und schlug hart gegen das Leitungsrohr.

Mein Herz klopfte zum Zerbersten. Die Menge brüllte: „Lang lebe der Vorsitzende Mao! Lang lebe die Kulturrevolution!" Ich hielt mir die Ohren zu, aber konnte immer noch „Rote Garde … Baut das neue China …!" hören.

Darauf folgte das Getrampel vieler Füße, die die Treppe hinaufrannten. Gleichzeitig kam Mutter in die Wohnung gehastet. In ihrem Arm hielt sie Bao-bao.

Vater verschloss die Tür hinter ihr. Sie konnte nicht sprechen. Ihr Gesicht war bleich, und sie rang nach Luft. Ich nahm ihr Bao-bao ab. Die Puppe trug neue Kleidung über ihrer alten. Es war aus dem Stoff mit den kleinen Mädchen, die mit roten Sonnenhüten am Strand saßen. Ich hielt sie an meine Wangen. Bao-bao duftete nach Jasmintee, so wie Frau Wong.

Tränen strömten mir über die Wangen. Von oben hörten wir, wie Menschen schrien, Möbelstücke umgeworfen wurden, kreischendes Gelächter und berstendes Geschirr. Durch das Leitungsrohr drang lautes Schluchzen. Es stammte von Frau Wong und von Niu.

Vater hielt uns vor dem Kamin, unter dem Bild der Golden Gate Bridge in den Armen. Meine Ohren summten, als ob Tausende von Fliegen in meinem Kopf umherflögen. Mein Körper zitterte. Ich blickte auf das Bild und wünschte mir, wir könnten uns in den Wolken bei der Brücke verstecken. Es verging einige Zeit, und dann hörten wir das Wort: „Jedermann …“ Es stammte von Genosse Li, der durch das Megafon schrie: „… findet sich sofort auf dem Hof ein!“

Vater streichelte meine Schulter. „Ling, wir müssen runtergehen. Es wird schon nichts passieren.“

Mutter nahm mir Bao-bao aus den Händen, setzte sie in Vaters Ledersessel und sagte: „Lass sie hier.“

Ich hielt mich an Vaters Arm fest, als wir langsam die Treppe hinabstiegen. Die Herbstsonne hatte sich hinter dunklen Wolken verkrochen. Die Milchbäume hatten ihre Blüten bereits abgeworfen, aber ein süßlicher Duft hing noch in der Luft. Laub lag wie ein Teppich auf dem Hof, und als ein kalter Wind hindurchfegte, regneten leuchtend gelbe Blätter auf die Erde, so wie die Tränen in meinem Herzen. Krähen krächzten von der hohen Mauer herab, die den Hof umgab. Die Roten Garden zogen alte Tische aus den Abstellräumen im Erdgeschoss und bildeten damit eine kleine Bühne. Ärzte und Krankenschwestern aus den beiden Nachbargebäuden umstanden sie.

Ein Jugendlicher, dessen Gesicht von Pickeln übersät war, schubste Frau Wong und Niu auf die Bühne. Fünf weitere Rotgardisten standen drumherum und johlten höhnisch. Frau Wong hielt ihren Seidenrock, der vorne aufgerissen war, mit beiden Händen zusammen. Ihr langes Haar fiel ihr über das Gesicht.

Nius Gesicht war kreidebleich. Er schob unentwegt seine Brille von der Nasenspitze nach oben. Seine Augen blickten hin und her und blieben dann an uns hängen. Unsere Blicke trafen sich, und ich erkannte seine Angst und Trauer. Ich wünschte mir, sein Vater wäre hier, um ihn zu beschützen, oder dass wir ihn retten könnten. Vater hielt meine Hand fest. Mutter stand zitternd neben uns.

Durch sein Megafon hörte sich Genosse Lis Stimme an wie die einer ärgerlichen Gans. „Dr. Wong ist ein amerikanischer Spion! Frau Wong ist ein leuchtendes Beispiel der Bourgeoisie!“

Aber *bourgeois* bedeutete doch „böse Dinge aus der alten Zeit“? Doch Frau Wong war weder böse noch alt. Sie war die freundlichste Person, die ich je kennengelernt hatte. Wie sollte sie dann ein Exempel der Bourgeoisie sein?

Ein Mädchen mit glattem kurzem Haar und vollen roten Wangen wedelte mit einer Schere in der Luft herum. Sie zeigte damit auf Frau Wongs Haar und schrie: „Seht euch das Symbol der Bourgeoisie an. Lasst uns das Alte vernichten!“

Ihre Freunde jubelten.

Rotbacke kletterte auf den Tisch und stieß Frau Wong mit der Schere an. „Schneid dein bourgeoises Haar ab!“

Frau Wong hob ihren Kopf, ihr Blick war in die Ferne gerichtet, als wäre ihr Verstand von den Krähen entführt worden. Ihre Hände hielten noch immer den zerrissenen Rock fest.

Genosse Li schrie mit kreischender Stimme in das Megafon: „Lasst uns eine revolutionäre Tat vollbringen.“ Er stand auf der linken Seite der Bühne, seine Armeemütze saß schräg auf seinem Kopf, und der Schirm verbarg sein linkes Auge fast vollständig. Seine blaue Jacke war bis oben hin zugeknöpft. Die Menge der jungen Leute jubelte wieder.

Meine Zähne klapperten. Vater hielt meine Hand noch fester. Ich fühlte einen Kloß in meinem Hals. Vor meinen Augen verschwamm alles vor lauter Tränen.

Ich wollte mich unter den Blättern der Milchbäume verstecken.

Rotbacke hob die Schere.

Erneute Jubelrufe.

Meine Hand tat weh, weil Vater sie so fest drückte. Ich zwang mich, meine Augen zu öffnen. Eine Strähne von Frau Wongs langem Haar schwebte von der Bühne und blieb in der Form eines Fragezeichens auf den leuchtend gelben Blättern der Milchbäume liegen.

Ich hatte zu viel Angst, um laut zu weinen, aber mein Herz weinte lautlos.

Tränen liefen Frau Wong über das Gesicht.

„Du!“ Rotbacke schubste Niu, der fast von der Bühne fiel, und schrie: „Wende dich von deinen bourgeoisen Eltern ab! Folge unserem Führer, dem Vorsitzenden Mao!“

Niu schloss seine Augen.

Pickelgesicht, der kaum größer als Niu war, kletterte nun auf die Bühne und schrie: „Wir sind die Rote Garde, treu ergebene Anhänger unseres großen Führers, dem Vorsitzenden Mao. Lasst uns das alte System zerstören und ein neues China bauen!“

Andere Rotgardisten skandierten: „Lang lebe unser großer Führer, der Vorsitzende Mao.“

Genosse Lis Mundwinkel zuckten, und ein niederträchtiges Grinsen zog über sein Gesicht. Er reichte Pickelgesicht eine schwere rechteckige Tafel. Grob drückte er Frau Wongs Kopf nach unten und warf den Strick, an dem die Tafel hing, um ihren Hals. Frau Wong fiel auf die Knie.

Ich wollte mich in einen feuerspeienden Drachen verwandeln, der die Rotgardisten und den Genossen Li mit den Flammen aus seinem Schlund verbrannte. Und dann würde ich Frau Wong davontragen, weg von hier.

Genosse Li zeigte auf jedes einzelne mit Kreide geschriebene Wort auf der Tafel, während er brüllte: „Abschaum der Bourgeoisie!"

Vater drückte meine Hand in die von Mutter. Ich hielt ihre eiskalten Finger fest, und sie nahm meine Hand noch fester in die ihre.

Vater straffte seine breiten Schultern, reckte seinen Kopf in die Höhe und schrie in die Menge: „Lasst mich durch!"

Ich wollte ihn zurückrufen, aber es kam kein Ton aus meinem Mund. Es fühlte sich so an wie damals, als eine Fischgräte in meinem Hals stecken geblieben war. Ich presste mein Gesicht in Mutters Hemdsärmel.

Kein Geräusch war jetzt zu vernehmen. Alle Augen waren auf Vater gerichtet, der nun zwischen der Menge und Frau Wong stehen geblieben war. Plötzlich fiel mir ein Loch am Ellenbogen seines grauen Wollpullovers auf.

Mutter zitterte so sehr, dass ich ihre Hand loslassen musste. Ich biss mir fest auf die Unterlippe, damit meine Zähne nicht weiter klapperten.

Vater nahm die Kreidetafel von Frau Wongs Hals und warf sie auf die Erde.

„Ich kenne Dr. Wong und Frau Wong jetzt seit fünfzehn Jahren", rief Vater mit strenger Stimme. „Sie hätten vor Jahren ins Ausland ziehen können, aber sie sind hiergeblieben, denn sie wollten daran teilnehmen, ein besseres China zu bauen." Wütend blickte er Genosse Li an. „Sie haben nichts Falsches getan!"

Einige Menschen in der Menge nickten, andere flüsterten. Einige junge Ärzte aus Vaters Abteilung traten zu ihm. Sie halfen Frau Wong wieder auf die Beine und geleiteten sie nach Hause. Genosse Li und seine Rotgardisten standen um die Bühne herum. Sie starrten Vater an, als er Niu von der Bühne hob. Niu rannte an Mutter und mir vorbei, ohne uns anzusehen. Die Menschen gingen auseinander, nur Genosse Li und seine Rotgardisten nicht.

In jener Nacht kletterte ich auf Vaters Schoß, der in seinem großen Ledersessel saß. Seine Wärme und sein gewohnter Geruch nach Desinfektionsmittel machten, dass ich mich sicher und beschützt fühlte. Nun war er nicht nur mein großartiger Vater, sondern auch ein Held. An meinem Geburtstag hatte er Frau Wong gerettet.

Unter dem Absatz zerquetscht

勇气

In der ersten Novemberwoche hatte das Wetter schnell gewechselt. Nach Tagen mit eiskaltem Regen wurde der Regen zu Schnee. Unsere Wohnung war kalt und feucht. Während ich in meiner schweren Baumwollkleidung umherlief, fühlte ich mich wie ein schlecht gelaunter Pandabär. Und in der Nacht deckte mich Mutter mit drei schweren Steppdecken zu.

Als ich am Nachmittag des 14. Dezember von der Schule nach Hause kam, saß Niu weinend in unserem Wohnzimmer. Mutter sagte mir, dass Frau Wong abgeholt und in ein Umerziehungslager gebracht worden war. Die Tränen liefen mir über die Wangen. Noch niemals war ich so todunglücklich gewesen.

Ich hatte Frau Wong seit dem entsetzlichen Tag nicht mehr gesehen, sie war nicht zu uns nach unten gekommen, und Mutter hatte mir nicht erlaubt, sie zu begleiten, wenn sie nach oben ging. Ich wünschte mir so sehr, dass ich mich von Frau Wong hätte verabschieden und ihr für die neuen Kleider für Bao-bao hätte danken können.

Meine Eltern hatten zwar darauf bestanden, dass Niu zu uns zog, doch er übernachtete weiterhin in seiner Wohnung. Die Tage verbrachte er aber meistens bei uns. Mit mir sprach er nur, wenn ich ihm eine Frage stellte. Um ihn aufzuheitern, zeigte ich ihm meine Sammlungen: ein Baumwolltuch, an das ich viele verschiedene Mao-Knöpfe gesteckt hatte, eine Mappe, in der ich das Einwickelpapier der Süßigkeiten aus dem Westen gesammelt hatte, und dann einen kleinen Schokoladenkarton, in dem ich meine geliebten zwei Seidenbänder, eine Stopfnadel in Form eines Phönix' sowie einen geschnitzten Fächer aus Sandelholz aufbewahrte. Er starrte nur darauf, ohne dass sich sein Gesichtsausdruck änderte. Ich wusste einfach nicht, wie ich ihn aufheitern konnte.

In den folgenden Monaten wurden weitere Ärzte gezwungen, das Krankenhaus zu verlassen. Manche wurden ins Gefängnis gesteckt oder in Umerziehungs- und Arbeitslager. Andere, wie Dr. Wong, waren spurlos verschwunden. Ich wünschte, jemand könnte mir garantieren, dass Vater sicher war. Ich hatte inzwischen so viel Angst vor meinen Alpträumen, dass ich versuchte, so lange wie möglich nicht einzuschlafen.

In letzter Zeit war Vater dazu übergegangen, nach dem Abendessen entweder in seinen medizinischen Fachzeitschriften zu lesen oder auf das Bild mit der Golden Gate Bridge zu starren. Ich dachte, meine Alpträume würden vielleicht verschwinden, wenn er mir wieder Geschichten über die Brücke und Amerika erzählen würde.

***

In der Woche vor dem Chinesischen Neujahr brachte Genosse Li eine Wandzeitung an unserem Gebäude an:

WASCHT EURE KONTERREVOLUTIONÄREN SÜNDEN MIT EUREM BLUT UND EUREM SCHWEISS AB!

Als ich daran vorbeiging, drehte ich meinen Kopf weg, damit ich die roten Schriftzeichen nicht sah, denn das Wort *Blut* ließ mich zittern.

In der Nacht wachte ich auf, weil Vater mir die Wange streichelte und sagte: „Wach auf, Ling, du hast einen Alptraum."

„Papa, lass nicht zu, dass sie mir die Haare abschneiden." Ich griff an meinen Kopf, um zu prüfen, ob meine Zöpfe noch dran waren. Und hielt sie unter meinem Kinn ganz fest.

In meinem Traum hatte eine Gruppe von gesichtslosen Leuten mich umstellt und alle schwangen Scheren. Ich versuchte mein Haar unter meinem Hut zu verstecken, aber die Zöpfe waren zu lang und fielen immer wieder heraus.

Vater deckte mich fest zu und sagte: „Ling, ich verspreche dir, dass ich nicht zulasse, dass jemand dein Haar abschneidet." Mit ihm auf meiner Bettkante fühlte ich mich sicher und schlief wieder ein.

Am nächsten Morgen weckte mich ein lautes Geräusch.

„Papa, was ist passiert?", rief ich aus.

„Mach dir keine Sorgen und schlaf weiter“, rief Vater leise aus dem Wohnzimmer.

Es roch nach verbranntem Papier, ich rannte ins Wohnzimmer und sah, wie Vater einen Stapel Fotos ins Kaminfeuer warf. Die Flammen verzehrten sie wie hungrige Monster. Überall auf dem Fußboden lagen Fotoalben.

Mutter stand neben dem Fenster und rief leise: „Schnell, schnell, beeil dich. Sie haben ihren Morgenmarsch schon beendet.“

Zitternd hob ich ein Foto auf, das Vater in einem westlichen Anzug zeigte. Er stand vor einer Palme und neben ihm stand Dr. Smith, ein älterer Mann mit braunem Haar, der auch einen Anzug trug. Beide sahen sehr gut aus. „Musst du das auch verbrennen?“, fragte ich leise. Vater blickte kurz auf das Bild und schmiss währenddessen eine weitere Handvoll Fotografien in das Feuer, auch zwei Fotos meiner toten Großeltern waren dabei. Früher standen sie bei Vater auf dem Schreibtisch.

„Wir dürfen keine alten Fotos mehr behalten. Sie gelten als böse Andenken des bourgeoisen Lebensstils.“

„Aber dann vergesse ich doch, wie meine Großeltern ausgesehen haben …“

Jemand schlug mit der Faust gegen die Wohnungstür. „Aufmachen! Aufmachen!“

Mutter wurde kreidebleich. Vater erhob sich und eilte zur Tür. Er hatte es so eilig, dass er einen Stuhl, der am Tisch stand, umstieß. Ich schob das Foto von Vater und Dr. Smith unter den Gummizug meiner Hose.

Fünf Rotgardisten stürzten in unser Wohnzimmer. Ich erkannte Pickelgesicht und Rotbacke. Genosse Li folgte ihnen auf den Fersen. Mit ihren Armeestiefeln aus Gummi traten sie auf die offenen Fotoalben und hinterließen gelbbraune Spuren auf den Bildern. Mutter und ich quetschten uns in eine Ecke neben dem Kamin. Und Vater stellte sich vor uns.

Genosse Li blieb in der Mitte unseres Wohnzimmers stehen, hob einen Arm und schrie: „Eins! Zwei!"

Die Rotgardisten stellten sich sofort in einer Reihe auf – mit Blick auf Maos Porträt über dem Kamin. Mein Herz klopfte wie rasend.

„Los!", rief Genosse Li und senkte seine Hand.

Eine goldene Sonne scheint auf Peking.

Die Rotgardisten sangen, hoben ihre Hände über den Kopf und drehten sich einmal um die eigene Achse.

Sie erhellt alles, auf das sie scheint.

Ich bekam Gänsehaut auf meinen Armen.

Das Licht kommt jedoch nicht vom Himmel,
sondern von unserem Großen Vorsitzenden Mao.

Sie schwangen ihre Beine, beugten den Rumpf und streckten ihre Arme zum Himmel.

„Lang lebe der Vorsitzende Mao!", brüllte Genosse Li.

„Nieder mit der Bourgeoisie!", brüllten die Rotgardisten. Wie vom Blitz verfolgt flitzten sie in unterschiedliche Richtungen davon. Rotbacke klebte einen langen Streifen weißes Papier an unsere Wohnzimmerwand auf dem in hässlichen Krickelkrakel-Zeichen stand:

SYMPATHISANTEN DER BOURGEOISIE.

Pickelgesicht warf eine Plastikflasche mit Alkohol in das Kaminfeuer. Die Flammen züngelten so hoch, als ob sie nach uns greifen wollten. Genosse Li zog Vaters Bücher aus den Regalen und warf sie in die Flammen.

Ein anderer junger Rotgardist mit kurzen Beinen kniete plötzlich auf dem Wohnzimmerboden, machte einen Kopfstand und drehte sich dann wie rasend. Die Bande feuerte ihn an.

Rotbacke ließ Mutters Perlenkette durch die Luft wirbeln. Ich schloss meine Augen, nur um sie sogleich wieder aufzureißen, als ich es klackern hörte. Sie hatte die Kette durch den Raum gegen die Wand geworfen, und nun klackerten die Perlen zu Boden.

Mutter vergrub ihr Gesicht in Vaters Schulter. Vater legte seine Arme um meine Schultern. Ich wünschte mir, mich in ein kleines Kaninchen zu verwandeln und in Vaters Mantel verstecken zu können.

Der Rotgardist mit den Pinselstrich-Augenbrauen schwang ein großes Hackmesser über seinem Kopf und schlitzte die Rückenlehne von Vaters Ledersessel x-förmig ein. Ich fühlte die Kraft von Vaters Arm und die Wärme seines Körpers und stellte mir wieder vor, dass ich mich in einen feuerspeienden Drachen verwandeln und sie alle auffressen würde.

Wieso hatte Genosse Li diese Bande Rotgardisten in unsere Wohnung gebracht? Wollte er uns vergraulen, damit er die ganze Wohnung für sich hatte? Hatte er herausgefunden, dass wir Kaffee und Schokolade vor ihm versteckt hielten? Oder war er uns böse, weil wir mit den Wongs befreundet waren?

Rotbacke und ein Mädchen mit Mausaugen stürmten jetzt in mein Zimmer.

Bitte, bitte, fasst Bao-bao nicht an, betete ich.

Vater flüsterte: „Sei jetzt tapfer, Liebes."

Ich hielt den Atem an. Aus meinem Zimmer war Kichern und Gackern zu vernehmen. Ich wollte hinrennen, um Bao-bao zu retten, aber meine Beine bewegten sich nicht von der Stelle.

Rotbacke kam ins Wohnzimmer geschlendert und hielt Bao-bao an einem Bein fest. „Nun seht euch nur dieses dumme Ding an", sagte sie.

„Oh, und es hat sogar ein Kleid an", sagte Mausauge. „Lass mal sehen, was darunter ist." Und sie riss Bao-bao das neue Kleid mit den Mädchen in Sonnenhüten vom Körper.

In mir machte sich Wut breit. Ich riss mich von Vaters Armen los und rannte zu ihnen. „Lasst sie in Ruhe! Sie gehört mir!", rief ich und ergriff einen von Bao-baos Armen.

Rotbacke riss die Puppe zurück und mit einem fürchterlichen Reißgeräusch löste sich der Arm von Bao-baos Körper. Ich ließ ihn auf den Boden fallen und blickte nicht hin, denn ich konnte den Anblick nicht ertragen.

Die Rotgardisten grölten vor Lachen.

Ich hob eines der schweren Fotoalben vom Boden auf, warf damit nach ihnen und schrie: „Ich hasse euch!“

Plötzliche Stille erfüllte den Raum. Vater packte mich und nahm mich fest in seinen Arm.

Mit einem breiten Grinsen trat Genosse Li einen Schritt vor und sagte: „Liebe Genossen, wenn uns der Feind hasst, haben wir ganze Arbeit geleistet! Also arbeitet noch stärker daran!“ Er wedelte den Rotgardisten mit der Hand zu.

Seit wann waren wir seine Feinde? Was hatten wir verbrochen?

Mausauge hob Bao-bao und ihren Arm vom Boden auf und warf beides ins Feuer.

„Oh, nein!“, rief Mutter aus.

Ich konnte nicht hinsehen, wie das Feuer Bao-bao verschlang.

Bao-bao, es tut mir so leid. Ich hätte dich beschützen müssen, dachte ich. Ich versenkte mein Gesicht in Vaters Ärmel und drückte seinen Arm ganz fest. Ich wollte nicht, dass die Rotgardisten mich schluchzen sahen.

Klonk! *Krach*! Eine weitere Welle von Anfeuerungsrufen und Gegröle erfüllte unser Zu Hause. Pinselstrich hatte mit seinem Hackmesser das Bild der Golden Gate Bridge vom Kaminsims gefegt. Und Kurzbein hatte die blaue Vase mit einem Besenstiel auf die Erde befördert. Ich sprang hinter Vater in Deckung, um den durch die Gegend fliegenden Scherben zu entkommen, und dachte wieder an den feuerspeienden Drachen, der sie alle zu Asche verbrannte.

Vater ließ mich los und baute sich vor Genosse Li auf.

„Wir sind auf einer revolutionären Mission. Keine Zeit für Gespräche“, damit schob er Vater zur Seite und ging in unsere Küche. Vaters Gesicht zuckte. Ich begriff, dass er uns nicht beschützen konnte.

Genosse Li kam, eine Banane essend und mit einem Beutel Reis in der Hand, aus der Küche zurück, als Mausauge unser Radio in die Höhe hob. Er gestikulierte noch, dass sie das lassen sollte, aber es war schon zu spät. Sie hatte das Radio mit aller Kraft auf den Boden geschmissen. Das schwarze Plastikgehäuse war aufgerissen und Röhren und Drähte schauten daraus hervor.

Während er den letzten Bissen Banane in den Mund schob, murmelte er: „Dummkopf! Das hätte ich benutzen können, um die Revolution voranzutreiben.“

Genosse Li wandte sich an Vater: „Hör zu! Wenn ihr es wagt, noch etwas gegen die Revolution zu sagen oder zu tun …“ Dann ließ er die Bananenschale auf den Boden fallen, zerquetschte sie unter seinem Stiefelabsatz, drehte sich um und marschierte aus der Tür. Pickelgesicht, Kurzbein, Mausauge und Pinselstrich folgten, ihre Arme voll beladen mit Kleidung, Geschirr und Essen. Rotbacke hielt meinen Schokoladenkarton, der mit meinen Schätzen gefüllt war, fest an den Körper gedrückt, als sie die Haustür hinter sich zuknallte. Ein Fetzen von Bao-baos Kleid hing am Türriegel. Mein verzweifeltes Weinen konnte ich nicht länger zurückhalten.

Vater hob das Bild der Golden Gate Bridge auf. Der schwere goldene Rahmen hatte das Bild geschützt. Er hielt es an seine Brust und setzte sich auf seinen aufgeschlitzten Ledersessel. Es war das erste Mal, dass ich Tränen in seinen Augen sah.

Tränen liefen über Mutters Gesicht, während sie die paar Stühle wieder aufrichtete, die noch Beine hatten. Zweien von ihnen fehlten nun die Armlehnen. Meine geblümte Steppdecke lag entzweigerissen auf dem Boden. Um uns herum lagen verstreut Perlen, Seidenfetzen, zerbrochenes Glas und herausgerissene Buchseiten und überall waren schlammige Stiefelabdrücke zu sehen.

Wollte Genosse Li uns zerquetschen, so wie er es mit der Bananenschale getan hatte? Hatte der Vorsitzende Mao ihm das befohlen? Und wenn ja, wieso erzählte man uns dann, dass Mao unser Retter war?

Ich zog das Foto unter dem Gummiband meiner Hose hervor, es war ganz warm von meinem Körper, und gab es Vater. Sein Blick hellte sich auf.

„Denk daran, Liebes, in Amerika glauben die Menschen an Gerechtigkeit“, flüsterte er. „Und eines Tages werden wir dorthin fahren.“

Ich hatte bislang immer geglaubt, dass Vater dafür sorgen konnte, dass gute Dinge geschahen. Aber wie sollte das jetzt möglich sein? Da niemandem auch nur erlaubt war, die Stadt zu verlassen.

Teil 2

Bambus im Wind

Frühjahr 1974 – Winter 1976

Revolution ist keine Dinnerparty

勇气

Wir brauchten eine Woche, um unsere Wohnung nach dem Überfall der Rotgardisten wieder aufzuräumen. Mutter und ich suchten die Wäsche und Kleidung, die nicht zerrissen war, zusammen, falteten sie und legten sie in die Schränke zurück. Dann legte Mutter einen kleinen Haufen an mit Wäsche, die geflickt werden konnte, und einen großen Haufen mit den Teilen, die nur noch aus Fetzen bestanden. Darunter waren ihr weißes Seidenkleid und Vaters seidene Krawatten.

Die Küche wieder sauber zu bekommen, dauerte am längsten. Überall waren schwarze Sesamsamen, rote Bohnen und getrocknete Gewürze verstreut. Das Spülbecken war voller zerbrochenem Geschirr. Mutters Gesicht blieb so lange ausdruckslos, bis sie eine Scherbe ihres feinen Porzellans entdeckte. Da brach sie in Tränen aus.

Ich hätte am liebsten auch geweint, wollte aber nicht, dass Mutter das sieht. Also gesellte ich mich zu Vater und Niu im Wohnzimmer. Vater leimte Stuhlbeine wieder an die Sitzflächen, und Niu verband das Ganze dann mit Bandagen und Klebeband. Als sie fertig waren, trugen alle unsere Stühle Verbände.

In den darauffolgenden Tagen verbrachten Vater und Niu Stunden damit, das Radio zu reparieren. Als sie es endlich wieder in Gang gebracht hatten, ließen sie das Gehäuse offen, damit es weiterhin kaputt aussah.

Mutter versteckte das Bild der Golden Gate Bridge hinter einem großen Mao-Porträt, das nun über dem Kamin hing. Wir klebten kleine Mao-Bilder in jedem Raum an die Wand.

„Warum hängen wir denn so viele auf?“, fragte ich, während ich Reisleim auf die Rückseite eines kleinen Bildes pinselte.

„Es ist wie der Weihrauch, den wir im Sommer verbrennen, um uns die Moskitos vom Leibe zu halten“, antwortete Mutter, nahm mir das Bild aus der Hand und trug es in ihr Schlafzimmer. Vater wiederum war dabei, eine chinesische Kalligrafie mit einem Lehrsatz des Vorsitzenden Mao über den Klassenkampf zu verdecken. In der Lesestunde in der Schule mussten wir es so lange auswendig lernen, bis wir es aus dem Gedächtnis niederschreiben konnten.

Eine Revolution ist keine Dinnerparty,
kein Aufsatzschreiben, kein Bildermalen oder
Deckchensticken; sie kann nicht so fein, so gemächlich
und zartfühlend, so maßvoll, gesittet, höflich,
zurückhaltend und großherzig durchgeführt werden.
Die Revolution ist ein Aufstand, ein Gewaltakt,
durch den eine Klasse eine andere Klasse stürzt.

Ich verstand einfach nicht, was *Klasse* und *Revolution* mit einer Dinnerparty zu tun haben sollten. Ach, ich wünschte mir so sehr, dass Dr. und Frau Wong wieder zurückkämen, und wir würden eine Dinnerparty veranstalten, damit Niu wieder lächelte. Und ich vermisste alle Gerichte, die Mutter früher gekocht hatte, sogar die seltsamen.

Die Kalligrafie, die Vater gerade versteckte, war auf blauem Reispapier mit kleinen Schriftzeichen aus Tinte geschrieben. Sie hatte, solange ich denken konnte, unter der Glasplatte auf Vaters Schreibtisch gelegen. Er hatte allen jungen Ärzten, die uns besuchen kamen, gesagt, dass dieser Text die beste Orientierungshilfe für jeden wäre, der Arzt werden wollte.

Während der letzten Sommerferien hatte ich den Text auswendig gelernt, auch wenn ich nicht alles verstand. Vater war beeindruckt, als ich ihm den Text aufsagte.

Wann immer ein großer Arzt Krankheiten behandelt, muss er geistig ruhig und sein Wesen gefestigt sein. Er sollte Wünschen und Verlangen nicht nachgeben, sondern muss erst einmal eine ausgeprägte Haltung des Mitgefühls entwickeln. Er sollte sich vollkommen verpflichtet fühlen und bereit sein, ein jedes Lebewesen zu retten.

Ein großer Arzt sollte nicht auf Status, Reichtum oder Alter seiner Patienten achten; auch sollte er sich nicht fragen, ob die Person Feind oder Freund ist … Er sollte jedermann gleich behandeln, ganz so, als würde es um ihn selbst gehen. Er soll nicht über sein eigenes Glück oder Unglück nachdenken, sondern Leben bewahren und Mitgefühl dafür haben. … Wer so handelt, ist ein großer Arzt für die Lebenden. Wer sich diesen Forderungen widersetzt, ist ein großer Dieb für diejenigen, die noch ihre Geister besitzen!

Sun Simiao[14]

Seit dem Überfall der Rotgardisten durfte Vater nicht mehr als Arzt arbeiten, sondern musste im Krankenhaus Fußböden schrubben und Toiletten putzen.

Mutter durfte auch keine Patienten mehr als Ärztin der chinesischen Medizin behandeln, sondern musste jetzt nachts als Krankenschwester in der Notaufnahme arbeiten. Ich fragte mich, wann sie jemals Schlaf fand, denn den ganzen Tag lang dröhnten die Lautsprecher vor unserem Gebäude, sie brüllten Maos Lehrsätze, spielten Revolutionslieder und sagten die Namen derer an, die als Konterrevolutionäre beschuldigt wurden. Mir blieb stets der Atem weg, wann immer Vaters Name genannt wurde.

Doch trotz allem ermunterte uns Vater, auch in diesen harten Zeiten nach Dingen Ausschau zu halten, die uns Freude bereiteten. In den Nächten, wenn der Strom für unser Gebäude ausgeschaltet und Genosse Li nicht zu Hause war, schloss Vater alle Fenster, zog die Gardinen zu und zündete eine kleine Kerze an. Er brachte mir dann

---

14 Sun Simiao war ein berühmter Kliniker und Alchemist. Er wurde um 581 geboren. Er starb im Jahre 682, nachdem er ein 30-bändiges Werk zur medizinischen Praxis geschrieben hatte, das ihm für immer einen Platz als zentrale Figur im Bereich der Kräutermedizin verleiht.

bei, den Two Step und den Walzer zu tanzen. Und ich war eine aufmerksame Schülerin.

Ich bat Vater, mir auch den Tango beizubringen, aber er meinte, unser Wohnzimmer wäre zu klein dafür. Wenn Vater und Mutter früher auf Feiern Tango getanzt hatten, blieb jeder stehen, um ihnen dabei zuzusehen. Mutter trug dann ihr langes weißes Seidenkleid, und wenn sie anmutig ihr Bein anwinkelte, konnte ich ihre silbern glänzenden hochhackigen Schuhe sehen.

„Sie können die Menschen nicht für immer vom Tanzen abhalten. Eines Tages bringe ich dir den Tango in einem Tanzsaal bei“, sagte Vater und deutete eine elegante Drehung an, während er die Hand ausstreckte und die andere auf seiner Hüfte ruhen ließ.

Ich träumte davon, ein rotes Seidenkleid zu tragen und mit einem jungen Chirurgen zu tanzen. Niu wollte allerdings nicht weiter mit mir üben, nachdem er mir einige Male auf die Schuhe getreten war.

Ich war traurig für ihn, weil seine Eltern weggebracht worden waren und er nun niemanden mehr hatte, der für ihn sorgte. Aber ganz tief im Herzen musste ich zugeben, dass ich mir wünschte, er würde weniger Zeit bei uns verbringen, damit ich die Aufmerksamkeit meiner Eltern ganz für mich allein hatte.

Während unseres Englischunterrichtes gab er gerne an und tat so, als würde er jedes neue Wort schon kennen, und ich vermisste die Zeiten, als Vater mich ganz allein unterrichtete.

Eine gute Sache war allerdings, dass Niu vorgeschlagen hatte, dass Vater uns amerikanische Folksongs beibrachte, weil wir kein Englischlesebuch mehr besaßen, nur noch ein ganz kleines Wörterbuch. Vater hatte es in seinem Stiefel versteckt, als uns die Rotgardisten überfielen.

Nach der Schule, wenn wir ganz sicher waren, dass Genosse Li nicht da war und meine Eltern auch nicht, versteckten Niu und ich uns unter der schweren Baumwolldecke, so wie Vater es nachts macht, und suchten im Radio nach englischsprachigen Stationen. Wenn wir einen Sender gefunden hatten, der englische Folkmusik spielte, fing Niu an mitzusingen, dabei tippte er den Takt mit seinem linken Fuß und wackelte mit dem Kopf. Manchmal musste er sogar seine Brille, die auf die Nasenspitze gerutscht war, wieder hochschieben. Und ich freute mich dann, ihn lächeln zu sehen. In weniger als einer Woche konnte ich den gesamten Text von *Row, Row, Row Your Boot*[15]. Das Lied erfüllte mein Herz immer mit Freude. Niu und ich verhakten die kleinen Finger unserer rechten Hand ineinander und versprachen uns, niemals irgendjemandem zu erzählen, dass wir ausländische Radiosendungen hörten. Inzwischen war Niu für mich mehr und mehr zu einem echten Bruder geworden.

***

---

[15] *Ruder, ruder, ruder dein Boot* ist ein sehr bekanntes englisch-sprachiges Kinder- und Volkslied.

Mutter brachte Tag für Tag weniger Essen auf den Tisch. Und sie gab nicht mehr nur mir die besten Happen, sondern teilte sie zwischen Niu und mir auf. Früher hatte ich Tofu und Algen verabscheut, aber inzwischen verschlang ich jeden Happen, den Mutter uns bot.

Eines Abends, als wir uns gerade zum Essen hingesetzt hatten, platzte Genosse Li ins Zimmer.

„Aha, hier passt Niu ja sehr gut hin.“ Er machte seinen Hals lang und hustete direkt über den Schälchen auf dem Tisch: eine Schale war mit pfannengerührtem Gemüse und Garnelenschalen gefüllt, eine andere mit gebratenem Tofu in schwarzer Bohnensauce, und eine dritte mit weißem Reis. Zorn stieg in mir auf. Hatte seine Mutter ihm nicht beigebracht, dass man seinen Mund bedeckt, wenn man hustet?

Er zeigte mit einem Finger nach oben und sagte: „Niu, geh nach oben und hol deine Sachen. Den Rest fasst du nicht an. Dein neues Zu Hause ist hier. Wir übernehmen die Wohnung oben für die Revolution.“ Er spuckte neben mir auf dem Fußboden aus und drehte sich zur Tür.

Vater knallte seine Essstäbchen auf den Tisch. Bei dem Geräusch drehte sich Genosse Li blitzschnell um, doch bevor Vater etwas sagen konnte, stand ich schon auf den Füßen und schrie: „Du bist eine giftige Schlange! Erst hast du ihm seine Eltern weggenommen, und jetzt *mmbbllmmbmm* …“

Mutter war in einer einzigen fließenden Bewegung von ihrem Stuhl aufgesprungen und hielt mir mit beiden Händen den Mund zu, als habe sie diesen Moment vorhergesehen. „Bitte, tut mir leid, sie ist doch nur ein Kind.“

Mutters Stimme zitterte vor Angst.

„Wir gehen gleich mit Niu hinauf und helfen ihm packen.“

Genosse Li starrte Vater drohend an. „Bringt dieses wilde Kind zur Vernunft. Sonst bekommt sie es mit mir zu tun.“ Er stürmte hinaus und ließ die Tür hinter sich weit offen.

Vater saß nur da, mit ernstem und angespanntem Gesichtsausdruck starrte er auf das Mao-Bild über dem Kamin. Dachte er darüber nach, wie er uns vor Genosse Li beschützen konnte oder wie er einen Weg finden konnte, uns zur Golden Gate Bridge zu bringen – in Sicherheit?

Nius Augen hatten sich mit Tränen gefüllt, schnell sprang er auf und rannte zur Tür. Mutter und ich folgten ihm nach oben. Die Wohnung duftete nach Sandelholz. Überall flogen zerbrochenes Geschirr herum sowie zerrissene Kleidung, und um die zerstörten Möbel lagen Papiere auf dem Boden verstreut. Jemand hatte das Gemälde des französischen Mädchens mit den Zöpfen aufgeschlitzt, und das Gesicht des Mädchens war jetzt durchgeschnitten.

Im Schlafzimmer seiner Eltern ging Niu gleich zu der Truhe aus rotem Sandelholz, die dem Bett gegenüberstand. Ich ließ meine Finger über den geschnitzten Phönix gleiten. Und als ich die Gardinen am Fenster sah, hatte ich sofort Frau Wong vor Augen, wie sie an ihrer Nähmaschine saß. Die kleinen Mädchen mit ihren roten Sonnenhüten auf den Gardinen waren staubig und wirkten müde.

Mit trauriger Stimme sagte Niu: „Helft mir." Dann ergriff er einen der Messinggriffe an der Seite der Truhe, Mutter ich griffen den an der anderen Seite, und gemeinsam zogen wir die schwere Truhe ein wenig von der Wand ab. Niu holte einen braunen Umschlag dahinter hervor.

„Was ist das?", fragte ich. Doch er ignorierte meine Frage und steckte sich den Umschlag unter das Hemd hinter seinen Hosenbund. Danach stopfte er einen Stoffbeutel mit der Kleidung voll, die Mutter für ihn zusammengesucht hatte.

Als wir zurück in unserer Wohnung waren, zog Niu den Umschlag hervor. Darin war ein Brief von seinem Onkel an Nius Vater, der die Familie aufforderte China zu verlassen und zu ihm nach Hongkong zu kommen.

Ich erinnerte mich wieder, dass Dr. Wong meinem Vater diesen Brief zwei Tage, bevor er verschwunden war, gezeigt und erzählt hatte, dass der Brief geöffnet worden war, bevor er ihn bekommen hatte.

***

Eines Nachmittags, als ich von der Schule heimgekehrt war, saß Niu am Esstisch und deckte schnell etwas zu, als ich die Zimmertür öffnete. Als er sah, dass ich es war, hob er die Zeitung wieder auf und sagte: „Komm, ich will dir etwas zeigen."

Ich konnte mich nicht erinnern, wann er sich das letzte Mal so fröhlich angehört hatte. Mit meiner Schultasche in der Hand lief ich zu ihm.

Er hatte eine abgenutzte Landkarte auf dem Tisch ausgebreitet.

„Und was ist so interessant an dieser Karte?", fragte ich. Eigentlich hatte ich ja gehofft, er wollte ein Spiel mit mir spielen.

„Sie ist unsere einzige Hoffnung." Niu klopfte mit einem Finger auf die Karte.

„Was meinst du damit?"

„Man kann durch diesen Fluss nach Hongkong schwimmen." Er zog mit dem Finger eine kurze Linie von Kanton, einer Stadt in Südchina, zu einer kleinen Insel.

„Ist das nicht gefährlich?", fragte ich und lehnte mich über seine zerrissene Karte. „Was passiert, wenn sie einen erwischen?"

„Ich weiß es nicht. Aber immer noch besser, das zu riskieren als hierzubleiben. Vielleicht kann ich dich mitnehmen."

Für ihn schien es außer Frage, dass ich einfach meine Eltern verlassen und mit ihm ziehen würde. Wie kam er nur darauf? Und obendrein konnte ich überhaupt nicht schwimmen. Dr. Wong hatte Niu im schmalen Han-Fluss das Schwimmen beigebracht. Anders als die anderen Kinder, die mit alten Fahrradschläuchen oder Plastikbecken schwimmen lernten, hatte Dr. Wong für Niu einen knallgelben Rettungsring gekauft. Und am Ende des Sommers hatte Niu mir erzählt, dass er den Rettungsring nicht mehr brauchte und ich ihn haben könnte, wenn ich anfangen würde, schwimmen zu lernen.

„Und was ist mit den Wachen? Werden die nicht auf dich schießen?“

„Davon lass ich mich nicht abhalten. Schwöre, dass du das niemandem erzählen wirst, auch nicht deinen Eltern.“ Niu hielt mir seinen kleinen Finger zu einem Haken gekrümmt entgegen. Erst zögerte ich, doch dann hakte ich meinen kleinen Finger in seinen und besiegelte damit das Versprechen.

„Siehst du den Fluss hier? Er ist gar nicht so breit.“ Niu deutete auf einen kleinen grünen Strich auf der Karte.

„Wo ist Amerika?“, fragte ich und hoffte, ihn so von seinem Fluchtplan ablenken zu können, denn ich sah ihn schon erschossen im Wasser treiben, und das machte mir Angst. „Ich wette, es dauert ganz schön lange, durch den Pazifischen Ozean zu segeln.“

„Aber du segelst doch nicht. Wenn du Hongkong erreicht hast, nimmst du ein Flugzeug.“ Nius Finger führte jetzt von Hongkong über die Karte nach Amerika. Allein an die Golden Gate Bridge zu denken, machte mich glücklich.

Ich stand auf und machte eine ballettartige Drehung. „Ich würde für mein Leben gern dorthin, dann könnte ich singen und tanzen und …“

Niu fiel mir ins Wort: „Ich will einfach nur hier weg.“ Mit meinen Händen noch in der Luft, hielt ich inne und betrachtete Niu. Er blickte so intensiv aus dem Fenster in den Novemberregen, als könnte er bis Hongkong gucken.

„Wenn ich doch nur zaubern könnte“, flüsterte ich und ließ meine Hände fallen.

„Zaubern hilft nicht.“ Niu knallte seine Faust auf den Tisch. „Der einzige Weg ist die Flucht.“

Eine Trennungslinie zwischen sich und dem Klassenfeind ziehen

勇气

In weniger als zwei Monaten hatte es viele Veränderungen gegeben. Ab den ersten Junitagen stand Gaos und Yus Bande jeden Morgen am Eingangstor der Schule. Jeder der hineinwollte, auch die Lehrer, mussten ihren „dreiteiligen Schatz“ vorzeigen: die Mao-Jacke, einen Mao-Knopf und die kleine rote Mao-Bibel mit den revolutionären Lehrsätzen. Wenn jemand den „dreiteiligen Schatz“ oder Teile dessen vergessen hatte, legte die Bande die Bestrafung fest. Als unser alter Mathematiklehrer eines Tages den Mao-Knopf zu Hause gelassen hatte, musste er zur Strafe eine Woche lang die Toiletten putzen. Zwei Jungen wurden damit bestraft, dass sie einen ganzen Tag lang in der hinteren Ecke des Klassenzimmers stehen mussten. Ich wachte jede Nacht auf, weil ich solche Angst hatte, einen Teil meines „dreiteiligen Schatzes“ zu vergessen. Mehrmals stand ich nachts auf, um zu sehen, dass das rote Büchlein auch wirklich in meiner Schultasche war.

Inzwischen hatten wir nur noch vormittags Unterricht, nachmittags wechselten sich die Jungpioniere damit ab, Lesestunden zu beaufsichtigen, bei denen wir die Lehrsätze des Vorsitzenden Mao lesen mussten. Da Vater beschuldigt wurde, ein bourgeoiser Sympathisant zu sein, hatte ich keinerlei Chance als Jungpionierin aufgenommen zu werden.

Nachdem ich Vater erzählt hatte, dass ich die Einzige in der Klasse war, die kein rotes Tuch um den Hals hatte, sah er mir tief in die Augen und sagte: „Merk dir eines, Liebes, Jungpionierin oder nicht, für mich wirst du immer mein ganz besonderes und kluges Mädchen sein."

Vaters Worte ließen mich allerdings nicht besser fühlen.

Dann, eines Tages während des Matheunterrichts, sah ich, wie Yu grünen Schnodder aus ihrer Nase in ihr rotes Tuch blies. Und einige Tage darauf beobachtete ich, wie sie den verkrusteten Schnodder mit den Fingern vom Tuch knibbelte. Da entschied ich, dass ich überhaupt kein rotes Tuch mehr haben wollte. Ich freute mich immer auf die Sonntage, denn dann war schulfrei.

***

An einem regnerischen Dezembertag brachte Niu einen roten Papierstreifen von der Schule mit nach Hause.

Intellektuelle Schüler müssen auf das Land verbracht werden, um dort von der Arbeiterklasse – den Bauern – umerzogen zu werden.

Niu und alle anderen Gymnasialschüler in Wuhan wurden zwangsweise zur Umerziehung aufs Land geschickt; Umerziehung durch Arbeit nannte sich diese Praktik. Im Radio hieß es: „Die Hände der Bauern sind schmutzig von der Feldarbeit, aber ihre Liebe für den Vorsitzenden Mao und den Kommunismus ist rein und stark."

Ich fragte mich, warum Menschen ihre Hände schmutzig machen mussten, um ihre Liebe zu zeigen. Ich hasste es, schmutzige Hände zu haben.

Würde Niu so hart arbeiten müssen wie jene, die in die Arbeitslager geschickt worden waren, so wie Frau Wong? Und noch immer wussten wir nicht, wo Dr. Wong war.

In der Nacht halfen Mutter und ich Niu beim Packen. Er probierte seinen Wintermantel an. Die Ärmel waren 10 cm zu kurz, und er konnte den Mantel kaum mehr zuknöpfen. Meine Eltern gingen in ihr Schlafzimmer, und dann kam Vater mit seinem Wintermantel und dem grauen Wollpullover, den Mutter ihm zur Hochzeit geschenkt hatte, zurück.

„Nimm das. Und sei vorsichtig mit dem, was du sagst." Vater gab Niu den Mantel und den Pullover.

Aber Niu schob Vaters Hände zurück. „Das kann ich nicht annehmen. Was sollen Sie denn dann im Winter tragen?"

„Mach dir keine Sorgen", antwortete Vater mit einem schiefen Grinsen. „Die letzten geheizten Orte sind die Operationssäle. Und ich wette, dass sie mich bald wieder dort einsetzen werden."

Ich nahm Vater den Pullover ab und faltete ihn ordentlich zusammen. Während ich das sauber gefaltete Viereck auf Nius Kleiderbündel legte, sorgte ich mich, ob wir wohl genug Kleidermarken und Geld hatten, um Wintersachen für Vater zu bekommen. Wie sollte er sich denn warmhalten können, wenn sie ihm nicht erlaubten, wieder als Arzt zu arbeiten?

Mutter seufzte.

Ich lief in mein Zimmer. In der untersten Schublade meiner Kommode hatte ich ein kleines Päckchen versteckt, das fest in Zeitungspapier eingewickelt war. Darin waren zwei Tafeln Schokolade in goldenem und braunem Einwickelpapier. Ich roch daran. Sie dufteten nicht mehr so intensiv wie vor einem Jahr, als ich sie versteckt hatte, aber ich konnte noch immer spüren, wie die Schokolade langsam auf meiner Zunge schmolz und sich im ganzen Mund verteilte. Ich sog den Duft der Schokolade noch einmal ganz tief ein und lief dann schnell wieder ins Wohnzimmer und stopfte die Tafeln in Nius Beutel. Mutter lächelte mir anerkennend zu, und da fühlte ich mich schon sehr viel weniger traurig, dass ich nun keine Schokolade mehr hatte.

Als ich am nächsten Morgen aufwachte, war Niu schon weg. Und erst als ich nach der Schule in die leere Wohnung zurückkam, merkte ich, wie sehr ich ihn vermissen würde. Er war mein einziger Freund gewesen.

***

Eine Woche später erhielten wir einen Brief von Niu. Sie hatten ihn in eine Grenzstadt im Süden Chinas geschickt, wo er auf einer Kautschukplantage arbeitete.

Zweimal pro Monat erhielten wir einen kurzen Brief von ihm. Doch selbst als am Ende des Sommers keine Briefe mehr kamen, schrieb Vater ihm weiterhin jede Woche einen Brief.

Ob er uns wirklich vergessen hatte? Ich konnte den Gedanken, dass ihm etwas Schlimmes geschehen war, nicht ertragen. Ich dachte jeden Tag voller Sorge an ihn.

***

In einer regnerischen Nacht saß Vater auf meiner Bettkante und erzählte mir gerade meine Lieblingsgeschichte von dem Affenkönig, der Pfirsiche im Wald sammelt, als plötzlich die Lautsprecher losdröhnten, mit dem Befehl, dass sich alle auf der Stelle im Hof versammeln sollten. Mutter kam mit unseren Regenmänteln ins Zimmer gerannt und half mir beim Anziehen.

Im Hof stand Genosse Li auf einem Bürostuhl, während die Rotgardisten ihn umringten. Ich erkannte Mausauge und Kurzbein. Nachbarn standen in kleinen Gruppen zusammen und flüsterten unter ihren Regenschirmen aus braunem Ölpapier. Gleißende Blitze folgten grollenden Donnerschlägen. Der kalte Wind peitschte die elektrischen Drähte, die kreuz und quer über dem Hof hingen. Ich zitterte vor Kälte in meinem Regenmantel und versuchte, die Augen trotz des kalten Regens aufzuhalten.

Genosse Li räusperte sich, und das Flüstern hörte auf der Stelle auf.

„Ich bin darüber in Kenntnis gesetzt worden, dass Niu und eine Gruppe Verräter versucht haben, sich nach Hongkong abzusetzen. Wachsame Soldaten unserer Volksbefreiungsarmee haben alle gefangen nehmen können – bis auf Niu.“ Er machte eine Pause und starrte uns an.

Meine Beine gaben vor Angst fast nach. Ich lehnte mich gegen Vater.

„Jedermann, der versucht, aus unserem Mutterland zu fliehen, verrät unseren großen Führer, den Vorsitzenden Mao. Niu ist unser Feind! Wer Informationen zu Niu hat, meldet sich sofort bei mir. Sonst seid auch ihr Volksfeind.“

Meine Brust fühlte sich an, als wäre sie mit Baumwolle zugestopft; ich konnte kaum atmen. Hätte ich meinen Eltern bloß alles erzählt, dann hätten sie Niu vielleicht daran hindern können. Ich hasste mich dafür, dass ich ihnen seine Pläne verheimlicht hatte.

Vielleicht war er ja jetzt schon bei seinem Onkel in Hongkong und würde bald nach Amerika abfliegen. Ich dachte an die Golden Gate Bridge und wünschte mir, dort zu sein.

Als wir wieder zu Hause waren, fing Mutter an zu weinen. Vater führte sie ins Schlafzimmer. Ich war mir nicht sicher, ob ich Nius geheime Pläne nun erzählen sollte, doch dann entschied ich mich zu warten, bis Mutter nicht mehr so bestürzt war.

In der Nacht warf ich mich im Bett hin und her, wie ein Fisch im Fischernetz.

Ich wachte durch ein dumpfes lautes Klopfen auf. Schnell sprang ich aus dem Bett und linste hinter meiner Schlafzimmertür in den Flur. Kurzbein und Mausauge stürmten gerade in unser Wohnzimmer.

„Wie kann ich euch helfen?“, fragte Vater streng. Er hatte noch seinen gelben Baumwollschlafanzug an.

„Wir haben Niu gefangen. Du kommst jetzt mit uns“, knurrte Mausauge.

Vater griff nach seiner Jacke und eilte hinter ihnen her.

Mein Herz zersprang fast vor Freude. Niu war am Leben! Aber sogleich wurde aus der Freude Sorge. War er verletzt? Würden sie ihn nach Hause kommen lassen? Bestimmt, oder? Wieso hätten sie Vater denn sonst geholt? Es war zwei Monate her, seit ich Niu zum letzten Mal gesehen hatte.

Ich zog schnell meinen Mantel über meinen Schlafanzug und stellte das Feldbett neben dem Kamin auf. Dann legte ich die weicheste Decke aus meinem Bett darauf und lief in die Küche, um den Ofen anzuheizen, denn Niu würde gewiss ein heißes Bad brauchen, wenn er nach Hause kam.

Mutter hatte mir beigebracht, unseren Kohleofen anzuheizen. Er hatte die Form eines Eimers mit einer kleinen Tür. Innen drin, etwa auf halber Höhe, hatte er ein Gitter. Um ihn anzuheizen, musste man erst eine Handvoll Holzspäne in die Mitte geben und anzünden, dann die eierförmigen Kohlestücke darauf geben und schnell mit einem Fächer Luft durch die offene Tür fächeln.

Als ich es probierte, gingen die Holzspäne wieder aus, ohne die darauf liegende Kohle angezündet zu haben. Ich gab mehr Holzspäne auf die Kohle. Doch nun rauchte es nur. Meine Augen brannten, und mein Hals fühlte sich an, als ob er von kleinen Fischgräten gepiekst würde. Gerade als ich mir nicht mehr zu helfen wusste, kam Vater zurück. Niu war nicht bei ihm.

„Wo ist Niu?", rief ich und rannte zu ihm.

Vater nahm ein Taschentuch aus der Tasche und wischte mir den Ruß aus dem Gesicht. Seine Augen waren so traurig, dass er viel älter aussah.

„Was ist los, Papa?" Ich rüttelte an seinem Arm. „Geht es Niu gut? Kommt er wieder nach Hause?"

Vater schluckte. „Niu geht es gut. Aber kommt nicht wieder."

„Warum nicht?" Ich fing an zu weinen.

Nun kam auch Mutter in die Wohnung mit einem Korb voller Gemüse und einigen Eiern, die obendrauf lagen. „Was ist passiert?", fragte sie und wischte sich mit einem Taschentuch den Schweiß von der Stirn.

„Sie haben Niu im Fluss gefasst und letzte Nacht hierhergebracht." Vater ließ sich schwer auf einen Stuhl fallen. „Fünf Rotgardisten haben ihn die ganze Nacht über verhört. Heute hat er sich entschieden, eine Trennungslinie zu ziehen, also den richtigen Klassenstandpunkt einzunehmen, und seine Eltern und uns als Klassenfeinde denunziert." Vater starrte mit Tränen in den Augen zu Boden.

„Im Gegenzug wird Genosse Li ihn dafür in der Stadt lassen und den Nachbarn als Musterrevolutionär präsentieren, der sich gegen die böse Bourgeoisie gestellt hat."

Mutter ließ ihren Korb fallen, Gemüse rollte auf den Boden und ein Ei zerbrach. „Was geschieht nur mit uns allen?“, rief sie und brach in Tränen aus.

„Aber warum, Papa?“, schrie ich. „Was haben wir ihm getan, dass er sagt, wir sind seine Feinde?“ Ich dachte an Vaters Wintermantel und meine kostbare Schokolade.

Ohne zu antworten, stand Vater auf und ging ins Schlafzimmer.

Was bedeutete es, „eine Trennungslinie zu ziehen, den richtigen Klassenstandpunkt zu haben“? Nachdem ein Junge von unserem Hof die Trennungslinie gezogen hatte, wurde er Mitglied der Rotgardisten und seine Eltern wurden weggebracht. Würde Niu unsere Geheimnisse für sich behalten? Hätten sie ihm wehgetan, wenn er nicht den richtigen Klassenstandpunkt eingenommen, keine Trennungslinie gezogen hätte? Allein der Gedanke, dass Niu mich einen Klassenfeind genannt hatte, ließ mich glauben, dass ich nie wieder im Leben glücklich sein könnte.

Als ich an dem Nachmittag von der Schule nach Hause kam, hing ein riesiges Banner über dem Krankenhauseingang. Das helle Sonnenlicht in meinen Augen ließ die Zeichen, die in roter Tinte geschrieben waren, verschwimmen:

Gute Mutter, guter Vater,
aber niemand ist so gut wie der Vorsitzende Mao …

Ich ging schneller und drückte mich an einer Gruppe, die vor dem Eingang stand, vorbei. Meine Gedanken rasten.

Ich hatte den Vorsitzenden Mao niemals getroffen. Ich glaubte auch nicht, dass er für mich sorgen würde, wenn ich krank wäre, oder dass er englische Lieder mit mir singen würde. Er könnte niemals besser zu mir sein als meine Eltern.

Dunkle Wolken

勇气

Die drei Hausmeister des Krankenhauses mussten als jetzt hochgelobte Mitglieder der Arbeiterklasse ihrer eigentlichen Arbeit nicht länger nachgehen, stattdessen hielten sie politische Vorträge und Treffen ab und beaufsichtigten die Revolution. Und so hatte Vater die Aufgabe, das gesamte Krankenhaus zu putzen.

Jede Nacht kam Vater nun schmutzig und todmüde nach Hause. Wenn er in die Wohnung trat, rannte ich los, um seine Hausschuhe zu holen und vor seinen Ledersessel zu stellen. „Bist du müde, Papa?“, fragte ich ihn.

„Niemals!“ Er klopfte sich auf die Brust und ließ die Muskeln seiner Arme spielen. „Ich bin ein nimmermüdes Ross.“

Einmal hatte ich ihn gefragt: „Hasst du es denn nicht, die Toiletten zu putzen und den Boden zu wischen?“

Vater lächelte. „Es ist eine gute Leibesübung. Früher habe ich an der Uni Fußball gespielt und nach dem Training immer sehr tief und fest geschlafen.“

Aber Vaters Arbeit schien ihm gerade nicht beim Schlafen zu helfen, denn wenn ich in der Nacht aufwachte, weil ich einen Alptraum hatte, traf ich ihn in seinem Ledersessel an, während er mit Mutters Nähgarn Knoten knüpfte. Er tat das, um seine Fähigkeit, chirurgische Knoten zu knüpfen, nicht zu verlieren. Ab und an hielt er inne und blickte aus dem Fenster in die Dunkelheit, als suchte er dort etwas.

Einmal hörte ich, wie er ganz leise die Worte der Kalligrafie vor sich hinsagte:

Ein großer Arzt sollte nicht auf Status, Reichtum oder
Alter seiner Patienten achten; auch sollte er sich nicht fragen,
ob die Person Feind oder Freund ist …

Eines Tages, gegen Ende Oktober, war Vater lange nach unserer Abendessenszeit noch nicht nach Hause gekommen. Mutter schickte mich daraufhin los, um ihn im Krankenhaus zu suchen.

Der lange Flur, der zur Notaufnahme führte, roch nach Schimmel und Urin. Als ich an der Toilette vorbeikam, musste ich den Atem anhalten, so sehr stank es.

Der Flur war nur von einer einzigen Glühbirne erleuchtet. Ein alter Mann saß auf einer langen Bank und hatte einen Schluckauf wie ein kranker Hahn, der nicht schlucken kann. Eine junge Frau hielt eine Hand in die Höhe, die mit einem blutgetränkten Stofffetzen umwickelt war. Ich lief an ihnen vorbei direkt auf die hellerleuchtete Notaufnahme zu.

Ich war sehr erstaunt, Vater dort zu sehen, der gerade einen Schnitt am Kopf eines Jungen zusammennähte, während neben ihm ein junger Arzt stand.

„Gib ihm jetzt noch die Spritze mit dem Antibiotikum und wechsele den Verband täglich“, sagte Vater, und der junge Arzt nickte wie ein gehorsamer Student.

Vater zog sich die Handschuhe aus und ergriff den Stiel eines schweren Wischmops. „So, und nun wieder zurück zu der Toilette, die den ganzen Tag noch nicht gereinigt wurde.“

Auf dem Nachhauseweg fragte ich Vater, ob er noch mehr Ärger mit Genosse Li bekommen würde, wenn der herausfand, dass Vater den jungen Ärzten half. Ich hatte Angst vor Genosse Li und seiner offenbar immer größer werdenden Macht. Jeden Tag gab er nun Befehle durch das Megafon.

„Mach dir keine Sorgen. Er kann mir nichts anhaben“, sagte Vater und streichelte meine Schulter.

An meinem elften Geburtstag schaffte Vater es, einen halben Tag freizubekommen. Er holte mich von der Schule ab. Wir gingen hinunter zum Flussufer und setzten uns dort auf die Steintreppe. Vor uns floss der Han-Fluss in den schnell strömenden Jangtse. In der Woche zuvor hatte es geregnet, und deshalb war der Fluss breiter als sonst und bedeckte den größten Teil des weißen Uferstrandes.

Auf der anderen Uferseite war eine Süßigkeitenfabrik, die aussah wie ein Spielzeughaus, das schwarzen Rauch ausspuckte. Die Luft roch nach süßem Ingwer. Ab und zu schaute die Sonne durch die grauen Wolken hindurch, und die Schiffe auf dem Fluss ließen ihre Sirenen laut heulen.

In diesem Augenblick dachte ich nicht mehr an meine Sorgen und Ängste. Auch wenn ich keine neue Kleidung zu meinem Geburtstag bekommen hatte, fühlte ich mich einfach glücklich, wie ich so neben Vater saß.

„Ling, kannst du das Gedicht von Samuel Coleridge noch aufsagen?“

„Natürlich, Papa.“

„Bist du dir sicher?“ Vater lächelte und riss seine Augen ganz weit auf.

Ich wusste, dass Vater gehört hatte, wie ich das Gedicht die ganze Woche lang geübt hatte.

Ich drehte mich zu ihm und blickte ihn an. Seine graue Jacke hatte einen rechteckigen Flicken auf der rechten Schulter. Darunter befand sich ein kleiner Knopf mit einem Mao-Porträt. Hinter ihm, oben am Ufer, entlud eine Gruppe von Männern Holz aus einem blauen Frachtschiff. Hin und wieder blies der Wind Teile ihres Revolutionsliedes zu uns herüber. Ich räusperte mich und begann:

Do you ask what the birds say? The Sparrow, the Dove,
The Linnet and Thrush say “I love and I love!”
In the winter they're silent – the wind is so strong;
What it says, I don't know, but it sings a loud song.
But green leaves, and blossoms, and sunny warm weather …[16]

[16] Fragst du, was die Vögel sagen? Der Spatz, die Taube,
Der Fink und die Drossel sagen: "Ich liebe und ich liebe!"
Im Winter sind sie still – der Wind ist so stark;
Was er sagt, weiß ich nicht, aber er singt ein lautes Lied.
Doch grüne Blätter und Blüten und sonniges warmes Wetter …

Ich stockte, denn ich konnte nicht glauben, was ich sah.

“Und, wie geht es weiter, Ling? Das war großartig.“

„Papa, sieh doch!“ Ich zeigte auf den Fluss hinter ihm.

Ein Mann spazierte gerade völlig bekleidet in den Fluss. Das Wasser stand ihm schon bis zur Brust.

Vater rannte los und ich hinterher. Eine Welle überspülte den Mann, und er verschwand im schlammigen Wasser. Ohne zu zögern, sprang Vater in den Fluss.

Ich schrie zu dem blauen Frachtschiff hinüber: „Hilfe! Hilfe! Jemand ertrinkt!“

Die Arbeiter hielten inne mit ihrer Arbeit und blickten zu mir herüber.

„Wir brauchen einen Rettungsring!“, schrie ich.

Einer der Männer, der nur eine kurze rote Hose anhatte, warf einen Rettungsring zu mir hinunter. Ich fing ihn auf und stolperte am Flussufer entlang. Ganz kurz konnte ich einen Kopf über Wasser erkennen, aber dann war er wieder weg.

„Papa!“ Ich rannte ins Wasser. „Fang ihn, Papa!“ Ich warf den Ring so weit ich nur konnte. Das Wasser trieb den Rettungsring schnell an Vater vorbei. Wie ich mir wünschte, dass Mutter mich hätte schwimmen lernen lassen, so wie Niu!

Jemand riss mich am Ärmel zurück. „Willst du sterben?“ Es war der Mann mit der kurzen roten Hose. „Die Strömung ist viel zu stark. Sie würde dich sofort wegtreiben.“

Mit festem Griff zog er mich zurück ans Flussufer. Ich drehte mich zu den anderen Arbeitern, die nur dastanden, und schrie so laut ich konnte: „Helft ihnen! Helft meinem Vater!"

Zwei der Arbeiter wateten ins Wasser. Vater erschien wieder an der Wasseroberfläche, in seinem Arm hielt er den Mann im Rettungsgriff. Die Arbeiter packten den Körper des Mannes und zogen ihn zum Ufer.

Nachdem Vater an Land getaumelt war, fiel er auf alle viere. Ich rannte zu ihm. Die Männer legten den Ertrunkenen auf seinen Rücken. Die Augen des Mannes waren geschlossen und sein Bauch war vorgewölbt.

„Er atmet nicht mehr", sagte ein glatzköpfiger Arbeiter mit aufgeregter Stimme. „Er ist tot."

Vater wollte verzweifelt zu dem Mann, und ich versuchte, ihm dabei zu helfen, indem ich ihn unter dem Arm stützte. Kaum war er bei dem Mann angelangt, drehte er ihn auf den Bauch und klopfte ihm fest auf den Rücken. Gelbes Wasser kam aus dem Mund des Mannes, dann würgte er und hustete. Ich fühlte Gänsehaut auf meinen Armen und musste meinen eigenen Würgereiz unterdrücken.

Vater zog den Mann in eine sitzende Position. Einen Moment später öffneten sich seine Augen ein klein wenig und erinnerten mich an die eines toten Fisches.

Plötzlich zeigte der Arbeiter in der kurzen Hose auf den nassen Mann und schrie mit sich überschlagender Stimme: „Ich habe sein Bild in der Zeitung gesehen, das ist doch der konterrevolutionäre Schriftsteller!"

„Ja, ich habe sein Bild auch gesehen. Ich erinnere mich an seine Augen", bestätigte ein anderer Arbeiter in einem weißen Unterhemd. „Er hat konterrevolutionäre Artikel geschrieben. Lasst ihn sterben!"

Ich war sehr erschrocken und sah ihnen hinterher, wie sie davongingen. Nach wenigen Momenten standen nur noch Vater und ich bei dem fast ertrunkenen Schriftsteller.

Wie konnten sie ihn einfach dem Sterben überlassen? Vater hatte sein Leben aufs Spiel gesetzt, um ihn zu retten. Würden sie wiederkommen, um ihn zu verhaften? Plötzlich begann der Mann in perfektem Mandarin zu sprechen, so wie jemand spricht, der aus Peking kommt. „Bitte, ich sterbe lieber auf die Art, die ich selbst aussuche, als dass ich zulasse, dass sie mich umbringen."

„Sagen Sie das bitte nicht. Sie brauchen trockene Kleidung und etwas zu essen."

Vater legte einen Arm des Schriftstellers über seine Schulter und half ihm beim Aufstehen. Er war sehr groß. Sein weißes Hemd klebte an seinem Brustkorb und seine blauen Hosen konnten kaum von einem Ledergürtel zusammengehalten werden. Er hatte ein sehr langes Gesicht, und mir fiel auf, dass eines seiner Augen größer war als das andere.

„Nein, nein, lassen Sie mich. Ich bringe Ihnen nur Probleme."

„Keine Sorge. Wir wohnen in der Nähe."

Vater gab mir ein Zeichen zu helfen.

Ich nahm den anderen nassen Arm des Schriftstellers, der dünn wie ein Zweig war, und legte seine Hand auf meine Schulter, damit er sich abstützen konnte.

Der Weg vom Fluss nach Hause war mir noch nie so lang vorgekommen. Als wir die Revolutionsstraße der Sechs Häfen überqueren wollten, mussten wir warten, bis ein Traktor mit Anhänger, der mit lebenden Hühnern gefüllt war, vorbeigefahren war. Eine Gruppe von Leuten in blauen Mao-Anzügen folgte auf Fahrrädern. Auf ihren Jacken waren die Worte HAFENARBEITER BRIGADE SIEG gedruckt. Als sie an uns vorbeifuhren, verlangsamten sie das Tempo und ließen ihre Fahrradklingeln ertönen. Einen Moment lang hatte ich Angst, sie würden von ihren Fahrrädern steigen und den Schriftsteller mitnehmen. Sein nasser Arm fühlte sich auf meinen Schultern inzwischen wie eine schwere Eisenstange an.

Als wir in die Rotes-Pferd-Gasse einbogen, die zum Hintereingang unseres Hofs führte, stank die Luft nach Benzin und gebratenem Knoblauch. Familien hockten vor ihren Haustüren und aßen. Als wir an ihnen vorbeigingen, hörten sie auf zu kauen und starrten uns an.

Kaum waren wir in unserer Wohnung angekommen, sprach der Mann wieder: „Ich bin Ji, der konterrevolutionäre Schriftsteller, von dem die Männer gesprochen haben …"

Vater legte seine Hand auf die Schulter des Schriftstellers. „Das ist nicht wichtig. Ruhen Sie sich aus. Ich hole Ihnen etwas zu essen und trockene Kleidung."

Da alle Nahrungsmittel rationiert waren, hatten wir nicht viel anzubieten. Ich lief in die Küche, kletterte auf einen Stuhl und durchsuchte die Regalbretter unserer Speisekammer – alles leer. Ich stand auf Zehenspitzen und guckte ganz tief hinein. Da! Ein kleines Päckchen.

Vorsichtig wickelte ich das Ölpapier auf.

Vater kam in die Küche und fragte: „Was ist das?“

Ich brauchte einen Moment, bevor ich antworten konnte. „Es sind getrocknete Garnelen.“ Ich versuchte, nicht loszuweinen. „Die hat Frau Wong uns geschenkt.“

Vater nahm mich in den Arm. „Komm, Liebes. Es wird alles gut.“

Ich schloss die Augen und wünschte mir, dass ich, wenn ich sie wieder öffnete, mit Mutter, Vater, der wunderschönen Frau Wong, dem ernsten Herrn Wong und Bruder Niu an unserem Esstisch säße und ein wundervolles Mahl genießen würde.

Vater gab Teeblätter in einen Becher und goss heißes Wasser aus einer angeschlagenen roten Thermoskanne darauf. Ich hielt den Becher mit zwei Händen und brachte ihn zu Herrn Ji.

Die Sonne war gerade durch die Wolken gebrochen und schien in einem langen Strahl auf unseren Wohnzimmerboden. Herr Ji saß am Esstisch, inzwischen trug er Kleidungstücke von Vater. Zwei Knöpfe in der Mitte des Hemdes waren nicht zugeknöpft. Als ich den Teebecher vor ihn hinstellte, starrten seine leeren Augen auf den Papierstreifen an der Wand:

BOURGEOISIE-SYMPATHISANTEN

Ich rannte wieder in die Küche.

Vater wollte gerade einen Beutel Nudeln in einen Topf mit kochendem Wasser schütten.

„Warte, Papa." Ich machte schnell unseren Reiskrug auf. „Du weißt doch, Mama sagt immer, dass alter Ingwer Erkältungen vorbeugt."

Ich fischte ein verrunzeltes Stück Ingwer heraus. "Tu etwas davon in die Nudeln."

„Smart girl[17]", sagte Vater auf Englisch. Er hackte den harten Ingwer in Stücke, die ich in das kochende Wasser gab, bevor ich die Nudeln hinzufügte. Zum Schluss streute ich noch eine Handvoll getrockneter Garnelen darüber. Vater lächelte mir zu. Erst dann merkte ich, dass er noch seine nassen Kleider anhatte.

„Papa, du erkältest dich, du musst dich umziehen."

„Keine Eile damit, Ling. Erst versorgen wir unseren Gast."

Er goss die Nudelsuppe in eine große Schale und trug sie zu Herrn Ji hinüber. Ich folgte ihm mit einem Paar Bambus-Essstäbchen und einem Löffel.

„Leider haben wir nichts Besseres, das wir Ihnen anbieten können", sagte Vater.

„Ich muss jetzt gehen. Es ist gefährlich für Sie, mich in Ihrer Wohnung zu haben."

„Bitte, essen Sie." Vater stellte die Schale vor Herrn Li auf den Tisch, und ich legte die Essstäbchen und den Löffel dazu.

---

[17] Kluges Mädchen.

Herrn Jis Blicke gingen zwischen Vater und der dampfenden Nudelsuppe hin und her. Er nahm die Essstäbchen, aber hob sie nicht hoch.

Ich fragte mich, ob er überhaupt hungrig war. Hatte er vielleicht eine große Mahlzeit gegessen, bevor er in den Fluss gegangen war?

„Bitte, essen Sie, solange es heiß ist", drängte ihn Vater, dann zog er mich sanft an meinem Ärmel in die Küche und flüsterte: „Lassen wir Herrn Ji ein paar Minuten in Ruhe. Ich ziehe mich jetzt um."

Ich wartete, bis Vater in trockener Kleidung wieder in die Küche kam. Gemeinsam gingen wir dann zurück ins Wohnzimmer. Herr Ji stand sofort auf. Die Schüssel vor ihm war leer. Er griff nach Vaters Händen und sagte: „Mich können sie umbringen, nicht aber die Wahrheit."

Vater nickte und sagte: „Versprechen Sie mir, am Leben zu bleiben."

„Ich werde es versuchen. Aber dunkle Wolken haben die Sonne seit zu langer Zeit verdeckt." Herr Ji ließ Vaters Hände nicht los, bis sie die Tür erreicht hatten.

Ich lief zum Fenster und sah ihn der Sonne entgegengehen.

Kurz nachdem Herr Ji gegangen war, kam Mutter in die Wohnung gerast, als ob sie vor einer Flut fliehen müsste. Zwischen heftigen Atemzügen flüsterte sie: „Das ganze Krankenhaus spricht davon, dass ihr zwei einen konterrevolutionären Schriftsteller gerettet habt."

„Haben wir das?" Vater blinzelte mir zu.

Ich strahlte ihn an. „Das haben wir!“

„*Aiyo*!“, sagte Mutter. „Ihr seid zwei Melonen von derselben Ranke.“

Ich war sehr stolz, von derselben Ranke wie Vater zu sein. *Ich hab dich ganz lieb, mein mutiger Papa*!, flüsterte ich zu mir selbst.

Würde ich ihn jemals wiedersehen?

勇气

Die Wintermonate schienen endlos. Kälte und Hunger, Tage und Nächte, alles vermischte sich. Vaters Wunsch, wieder zu operieren, ging nicht in Erfüllung. Um sich warm zu halten, trug er unter seinem langen blauen Krankenhausmantel mehrere alte Jacken übereinander.

Was musste geschehen, um dieses Elend zu beenden? Wenn wir im Kerzenlicht das Bild mit der Golden Gate Bridge betrachteten, flüsterte Vater: „Du darfst niemals die Hoffnung aufgeben, Liebes. Das Leben kann nicht immer so weitergehen. Eines Tages werden wir frei sein von dieser Ungerechtigkeit." Vater versteckte das Bild wieder hinter dem Porträt des Vorsitzenden Mao.

Aber es fühlte sich an, als wäre es für immer weg.

***

Zu Weihnachten hatte Mutter mit Zwiebeln und Sojabohnen gefüllte Teigtaschen zubereitet. Obgleich ich ihre saftige Schweinefleisch-Kohlfüllung vermisste, war ich doch sehr froh, genug zu essen zu haben. Ich fühlte mich beschwingt in unserer hellerleuchteten Wohnung, denn seit vielen Wochen hatten wir zum ersten Mal wieder Strom. Die Fenster der Wohnung waren vom Kochen mit weißem Dunst beschlagen.

Nachdem ich Mutter geholfen hatte, das Geschirr in die Küche zu bringen, ging ich auf Zehenspitzen zu der Tür, die Genosse Lis Unterkunft von unserer Wohnung trennte. Ich drückte mein Gesicht gegen einen ganz kleinen Spalt an der Türangel und sah, dass kein Licht in seinem Zimmer brannte.

Vater saß in seinem Sessel, das aufgeschnittene Leder war mit weißen Verbänden geflickt. Er beobachtete mich. Ich schüttelte den Kopf. Mit einem Finger zeigte er auf sein Ohr. Ich presste mein Ohr an die Tür.

Eine Woche zuvor war Genosse Lis Zimmer auch dunkel gewesen. Vater und ich hatten gedacht, er wäre nicht da, und wir könnten mit dem Englischunterricht beginnen. Doch da war Mutter nach Hause gekommen und hatte erzählt, dass sie gesehen hatte, wie Genosse Li aus seiner dunklen Wohnung kam, um zur Toilette zu gehen.

Ich lauschte ganz genau, aber ich hörte weder Atmen noch den Fußboden knarren, und schüttelte wieder mit dem Kopf.

Teil der Übung dieser Woche war, das Lied „Red River Valley[18]“ zu singen

Draußen erhellte ein Blitz den Himmel, und in der Ferne fuhr ein Schiff vorbei und ließ seine Sirenen ertönen.

---

[18] Tal des Roten Flusses

Vater nickte und leise singend ging ich zu ihm.

As you go to your home by the ocean,
May you never forget those sweet hours, …[19]

Ich legte meine Arme um seine Schultern, und Vater, der den Rhythmus mit den Fingern auf der Sessellehne mitklopfte, fiel mit seiner tiefen Stimme ein:

That we spent in the Red River Valley.[20]

In der Nachbarschaft begann ein Hund zu bellen. Dann ertönten plötzlich laute Schritte, die die Treppe heraufstürmten. Vater stand auf. Mutter kam von der Küche zu uns gerannt.

Unsere Wohnungstür wurde aufgetreten. Sechs Rotgardisten stürmten mit Stöcken bewaffnet in unser Wohnzimmer. Ich hielt Vaters Hand ganz fest und zitterte wie Espenlaub.

Ich brauchte eine gute Minute, um meinen Augen wirklich zu trauen! Niu war einer von ihnen. Er hatte die Uniform eines Rotgardisten an und hielt einen breiten Gürtel mit einer glänzenden Schnalle in der Hand. Außerdem hatte er keine Brille mehr auf – vielleicht um weniger bourgeois zu wirken. Er kniff seine Augen zu schmalen Schlitzen zusammen.

[19] Da du in deine Heimat am Ozean zurückkehrst,
Mögest du niemals diese süßen Stunden vergessen,

[20] Die wir verbrachten im Tal des Roten Flusses.

Dann durchstrich er den Raum wie ein hungriger Hund, der einen Knochen riecht.

„Durchsucht jede Ecke.“ Er schwang den Gürtel in der Mitte unseres Wohnzimmers durch die Luft. Die Rotgardisten rannten in alle Richtungen davon. Das Geräusch von Stöcken, die auf Möbel einschlugen, zerberstendem Geschirr sowie das Zerreißen von Kleidung war von überall her zu vernehmen. „Du“ – er zeigte auf Vater, ohne ihn anzusehen – „bist verhaftet als Sympathisant des konterrevolutionären Schriftstellers.“ Spucketröpfchen sprühten aus seinem Mund, während er sprach, und er hörte sich nervös an. Auch redete er Vater nicht mehr als Onkel an, wie er es immer getan hatte. Sein Gesicht war bleich und winzige Schweißperlen waren auf seiner kurzen dicken Nase zu sehen.

Vaters Blick traf Nius, doch der drehte schnell seinen Kopf weg. Es erinnerte mich an das Mal, als er Niu dabei erwischt hatte, wie er mit Vaters Skalpellen Papierschildkröten ausschnitt. Vater ließ meine Hand los, nahm schnell seine Armbanduhr ab und stopfte sie in Mutters Tasche. „Tausch sie gegen Lebensmittel ein“, sagte er mit leiser fester Stimme.

Mutter brach in Tränen aus.

„Bitte, Niu“, bettelte sie, „wir haben dich doch lieb. Bitte, führ deinen Onkel nicht ab.“ Vater gab ihr mit einem Blick zu verstehen, dass sie ruhig sein sollte.

Niu blickte kurz zur halbgeöffneten Wohnungstür und knallte dann seinen Gürtel auf unseren Esstisch. Die große Metallschnalle hinterließ eine tiefe Delle im Tisch. Nius zittrige Hand zeigte auf das Porträt des Vorsitzenden Mao über dem Kamin und schrie: „Der Einzige, der mich liebt, ist der Vorsitzende Mao!“ Er hörte sich an wie ein getretener Hund. Mit einem Finger strich er nach oben über seinen Nasenrücken, als ob er die nichtvorhandene Brille hochschieben wollte.

Kalter Schweiß durchnässte den Rücken meiner Bluse. Ich biss mir auf die Lippe, damit ich nicht anfing zu weinen. Der Gedanke, dass sie Vater wie Dr. Wong mitnehmen und verschwinden lassen könnten, entsetzte mich. Wenn sie mich mit Vater zusammen mitnehmen würden, wüsste ich wenigstens, wo er war.

Ich ging zu Niu. „Nimm mich auch mit. Ich war auch mit dabei.“ In seinen Augen suchte ich ein Zeichen von Freundschaft, aber ich sah nur Wut.

Vater zog mich am Arm zurück. Er flüsterte mir zu: „Du musst auf Mama aufpassen. Denk an die GGB.“

Niu trat zwischen uns und legte Vater Handschellen an.

Kurzbein kam ins Zimmer und machte Meldung: „Genosse Wong, wir haben keinerlei konterrevolutionäres Material gefunden.“

„Na, dann zeige ich euch was.“ Niu drehte sich um und ging zum Radio. Ich rang nach Luft, als er eine Handvoll Drähte und Röhren herausriss. Er ließ sie auf den Boden fallen und zertrat sie mit seinem Stiefel.

Ich wusste, dass das Radio dieses Mal nicht mehr repariert werden konnte.

Würde ich ihn jemals wiedersehen?

Niu blickte sich in unserem Wohnzimmer um und ging einen Schritt auf das Mao-Bild zu, unter dem die Golden Gate Bridge versteckt war.

Wollte er das Bild zerstören? Ich rannte zu ihm und zog kräftig an dem Gürtel. „Nimm mich mit meinem Vater mit! Ich bin auch konterrevolutionär!"

Niu drehte sich um und schubste mich weg. Ich stolperte und fiel zu Boden, Vater wollte mir zur Hilfe kommen, doch seine Hände waren in den Handschellen gefesselt. Ich stand schnell wieder auf, und hielt meine Tränen so gut es ging zurück. Ich wollte Vater nicht noch mehr Sorgen machen, und außerdem wollte ich nicht schwach erscheinen.

Pickelgesicht schubste Vater grob zur Seite. Ich konnte sehen, dass er Vater wehgetan hatte.

Mutter brach in kurzes, schnelles Schluchzen aus.

„Auf geht's", befahl Niu.

Vater blickte sich noch einmal in dem sanft beleuchteten Raum um, als wollte er jeden Gegenstand in seinem Kopf verewigen. Während er von Pickelgesicht und Kurzbein aus der Tür gestoßen wurde, rief er: „Seid stark. Passt aufeinander auf!"

Ich lief hinter ihnen her, bis Mutter mich an der Wohnungstür einholte und festhielt. Dort, im halbdunklen Treppenhausflur, stand Genosse Li eine glimmende Zigarette im Mund ließ sein grinsendes Gesicht aufglühen. Ich knallte ihm die Tür vor der Nase zu. Mutter ging in ihr Schlafzimmer und schloss die Tür hinter sich.

Ich ging durch die verwüstete Wohnung, setzte mich in Vaters Ledersessel und verschränkte die Arme vor der Brust. Erst jetzt ließ ich meinen Tränen freien Lauf, und Ströme salziger Flüssigkeit tropften auf meine Lippen. Ich war wütend auf mich selbst, weil ich es nicht geschafft hatte, auch verhaftet und mit Vater mitgenommen zu werden.

***

Ohne Vater schienen die Tage länger. Morgens kam ich kaum aus dem Bett, denn ich musste daran denken, dass er nicht da war. Ich vermisste seine fröhlichen Weckrufe. Nachts hatte ich einen seiner alten Schals neben mein Kopfkissen gelegt, in der Hoffnung der Geruch würde bewirken, dass Vater mir in meinen Träumen erschien. Aber der einzige Traum, den ich hatte, war von Leuten, die mit Scheren vor meinem Gesicht herumfuchtelten. Ich sehnte mich nach Vaters tröstenden Worten, wenn ich mal wieder aus einem Alptraum erwachte, in denen die Rotgardisten wie bei Frau Wong meine Haare abschnitten. Aber das Schlimmste war, dass ich niemanden zum Sprechen hatte.

Mutter hatte ganz aufgehört, mich zurechtzuweisen, so als wäre es ihr inzwischen egal, was ich tat oder nicht tat. Nachts arbeitete sie weiterhin in der Notaufnahme, die Tage verbrachte sie versteckt in unserer Wohnung. Sie schlich umher wie eine ängstliche Katze, völlig geräuschlos verharrte sie manchmal mitten in einer Bewegung. Bevor sie mich morgens zur Schule gehen ließ, blickte sie – versteckt hinter der Küchengardine – aus dem Fenster, dabei rieb sie die ganze Zeit den dritten Knopf ihrer Strickjacke und überprüfte den Hof, als erwarte sie, dass mir dort jemand auflauerte, um mich abzuführen.

Ich erzählte ihr natürlich nicht, dass Gao und Yu mich vor einer Woche in der schmalen Blumengasse angegriffen hatten. Sie hatten meine Bleistifte zerbrochen und mein chinesisches Wörterbuch ganz und gar zerrissen. Vermutlich hätten sie all meine Bücher zerrissen, wenn nicht eine Frau, die vor ihrer Haustür stand, sie mit schmutzigem Wischwasser begossen und dabei geschrien hätte: „Lärmende Brut. Fechtet eure Kämpfe woanders aus!"

Das Krankenhaus zahlte Vaters Gehalt nicht länger. Und ohne dieses Geld mussten Mutter und ich sehen, dass wir so wenig wie möglich der rationierten Dinge verbrauchten, also Lebensmittel, Seife, Zahnpasta, Zucker, Öl zum Kochen und sogar Klopapier.

Wir konnten es uns nicht mehr leisten, Kerzen auf dem Schwarzmarkt zu kaufen. Wenn Mutter abends zur Arbeit gegangen war, setzte ich mich neben mein Schlafzimmerfenster, um im Schein der Straßenlaterne zu schreiben und zu zeichnen. Mutter brachte mir Schmierpapier aus dem Krankenhaus mit, und darauf schrieb ich Dinge nieder, die ich Vater mitteilen wollte. Dazu nutzte ich die englischen Wörter und Phrasen, die ich kannte. Es gab mir das Gefühl, als wäre er dort bei mir.

Ich hatte in meinem Geschichtsbuch gelesen, dass die Kommunisten im Untergrund, also bevor der Vorsitzende Mao gesiegt hatte, geheime Notizen mit Reiswasser auf Papier geschrieben hatten, das sie später mit Jod bestrichen, damit die Worte sichtbar wurden. So machte ich das jetzt auch. Ich füllte einen meiner Füller mit Reiswasser und schrieb und malte auf jeder Art von Papier, das ich auftreiben konnte: abgerissene Tapete, Zettel mit Maos Lehrsätzen und die Rückseite von Briefumschlägen. Wenn das Reiswasser trocken war, waren die Worte unsichtbar. Ich wollte sie wieder sichtbar machen, wenn Vater nach Hause käme. Die Gedichte, die ich schrieb, waren alle traurig.

Durch das eisige Fenster
Blicke ich hinauf zum Mond und frage,
Kann mein lieber Vater dich in diesem Moment auch sehen?
Bitte, schick ihn wieder heim.

Bald schon hatte ich einen ganzen Kissenbezug voller Papier mit unsichtbaren Worten und Bildern. Ich war so froh, dass ich sie nicht länger zerstören musste.

Am Abend des Chinesischen Neujahrs stellte mir Mutter eine Schüssel mit Reis hin, darauf geschichtet Gemüse und zwei goldene Spiegeleier. Mein Magen rumorte. Es musste Monate her sein, dass ich ein Ei gegessen hatte. Ich lief los, um zwei Paar Essstäbchen zu holen, aber Mutter hatte andere Pläne.

„Das ist alles für dich“, sagte sie und zündete die fast leere Öllampe an. „Ich muss jetzt zur Arbeit und werde dort essen. Blas das Licht aus, bevor du zu Bett gehst.“ Wieder rieb sie den dritten Knopf an ihrer Jacke, während sie zur Tür ging.

„Aber Mutter …“ Eigentlich wollte ich sagen*: Bitte, iss mit mir. Ich habe Angst in der dunklen einsamen Wohnung, wenn du zur Arbeit gegangen bist.* Doch mein Stolz hielt mich davon ab zu betteln. Die Kantine im Krankenhaus hatte über die Feiertage doch geschlossen, wo sollte sie also etwas zu essen bekommen?

„Ich bin schon spät dran. Geh früh zu Bett.“ Mutter schloss die Tür hinter sich ab.

Ich wartete, bis ich ihre Schritte auf der Treppe hörte, dann lief ich zum Küchenfenster und sah ihr nach, wie sie sich über den Hof schleppte. Draußen jubelten Kinder, als Feuerwerkskörper explodierten. Nebenan hatte Genosse Li Gäste zum Abendessen. Sie schrien Mao-Zitate und sangen Revolutionslieder. Der Geruch von gebratenen Teigtaschen durchzog unsere leere Wohnung. Die Öllampe gab ein schwaches orangefarbenes Licht von sich. Das Wohnzimmer war so dunkel wie ein Kino. Ich starrte auf Maos Porträt über dem Kamin. Mäuse trippelten hinter den Wänden entlang und machten kratzende Geräusche. Ich beneidete die Babymäuse. Sie mussten sich glücklich und sicher fühlen bei ihren Eltern. Tränen liefen mir über die Wangen.

Letztes Jahr hatte uns einer von Vaters Patienten zum Neujahrsfest frische Lotuswurzeln aus seiner Kommune vorbeigebracht. Mutter hatte daraus eine Lotussuppe mit Schweineknochen gekocht. Sie hatte einen kleinen Kohleofen ins Wohnzimmer gestellt und die Suppe darauf einen ganzen Tag köcheln lang lassen. Das würzige Aroma erfüllte die Wohnung und alle Fenster waren beschlagen. Während des Essens hatte Vater mir gezeigt, wie ich meine Essstäbchen halten musste, um das Knochenmark aus den hohlen Knochen zu schieben. Es war einfach köstlich! Diese Suppe hatte mich den ganzen Abend warm gehalten.

Jetzt hatten wir kein Geld mehr, zusätzliche Kohlen zu kaufen, um damit die Wohnung heizen zu können. Die Möbel fühlten sich eiskalt an. Meine schwere Baumwolljacke drückte mich nieder, und meine Hände und Füße waren völlig taub von der Kälte.

Doch die gebratenen Eier in der Schüssel munterten mich auf. Mutter hatte sie sogar mit Sojasauce gewürzt. Seitdem Nahrungsmittel rationiert waren, nutzte sie dieses teure Gewürz nur noch sehr selten. Ich freute mich riesig darauf, meine Zähne in das knusprige Eiweiß und den cremigen Eidotter zu versenken. Um auch den Duft der Speise nicht zu vergeuden, schnupperte ich solange an der Schüssel, bis mir das Wasser im Munde zerlief. Ich nahm einen ersten Bissen und kaute solange darauf herum, bis der Geschmack ganz und gar verschwunden war, bevor ich den zweiten Happen nahm. Das waren tatsächlich die köstlichsten Eier, die ich jemals gegessen hatte.

Außerhalb des Hofs ging eine Sirene los. Ich hörte auf zu kauen und hoffte, sie würden nicht gerade den Vater eines anderen Menschen abholen. Das Feuer in der Öllampe flackerte noch ein paarmal, dann ging es aus. Ich setzte mich wieder neben das Fenster in meinem Zimmer und nahm mir vor, das Mädchen in dem Sonnenhut, das auf der Bluse abgebildet war, die Frau Wong mir genäht hatte, zu zeichnen. Ich hatte die Bluse in den vielen Schichten meiner wattierten Bettdecken versteckt.

Die Straßenlaterne warf Schatten von den Ästen des Baums vor meinem Fenster auf mein Bett, sie sahen aus wie die langen Finger von Gespenstern. Ich schlug die beiden obersten Decken zurück und war ganz erschrocken, denn die Bluse war nicht da. Ich durchsuchte mein Zimmer, dann die ganze Wohnung – wieder und wieder –, in der Hoffnung, dass irgendein Zauber geschehen und ich die Bluse plötzlich finden würde.

Ich fühlte mit meiner Hand tief unter den wattierten Decken auf Mutters Bett. Und ich gab einen Jubelruf von mir, als ich auf etwas stieß. Doch was ich dann herauszog, waren weiße Verbände, die zu einem langen Strick gedreht waren.

Ich fragte mich, was das wohl war. Eine Wäscheleine, um die gespaltene Bambusstange zu ersetzen? Oder war der Strick vielleicht dazu da, die Winterdecken während des Sommers zusammenzubinden?

Ich legte ihn wieder zurück und fragte mich, wo meine Bluse war.

Niemand war zu uns in die Wohnung gekommen, seitdem Vater abgeholt worden war. Wo konnte meine Bluse also sein? Noch vor einer Woche hatte ich sie aus dem Bett gekramt und das Muster bewundert. Sie war natürlich inzwischen zu klein für mich, aber ich verband so fröhliche Erinnerungen mit ihr.

Dann kam mir ein schrecklicher Gedanke. Mutter hatte immer wieder Teile unseres Besitzes mit zum Schwarzmarkt genommen, um sie gegen Kohle oder Reis einzutauschen. Hatte sie etwa die Bluse eingetauscht? Vielleicht konnten die Menschen auf dem Land ja noch bunte Kleidung tragen.

Jene Nacht schien einfach nicht enden zu wollen. Mutter würde meine Bluse doch nicht eintauschen, oder doch? Als sich endlich das Morgenlicht am Himmel zeigte, kam Mutter mit einem leicht geschwollenen Gesicht wieder nach Hause.

Ich lief ihr entgegen und fragte so unbefangen und freundlich wie möglich: „Mama, weißt du, wo meine Bluse ist? Die, die ich unter meiner Matratze versteckt hatte."

Während sie zu ihrem Schlafzimmer ging, antwortete sie mit ausdrucksloser Miene: „Ich habe sie gegen die Eier, die du gestern gegessen hast, eingetauscht."

„Wie konntest du nur!", schrie ich.

Mutter schloss die Schlafzimmertür hinter sich.

Mein Schluchzen war durch die ganze Wohnung zu vernehmen. Wie konnte sie einfach meine Bluse eintauschen, ohne mich zu fragen? Ich stampfte mit den Füßen auf und hoffte, das würde sie dazu veranlassen, aus ihrem Schlafzimmer zu kommen. Aber die Tür blieb geschlossen.

Dann rannte ich in mein Zimmer und presste Vaters Schal gegen mein Gesicht, in der Hoffnung, das letzte Bisschen seines Geruchs würde mich trösten.

Der lange weisse Strick

勇气

Die Tage vergingen langsam. Mutter und ich kämpften darum, genug zu essen zu bekommen, genug Kohle für unseren kleinen Ofen, genug Öl für unsere Lampe und genug Wasser zum Kochen und Waschen.

Draußen hatten sich die grünen Triebe an den Milchbäumen zu vollen Blättern entwickelt. Eines Morgens ging Mutter nach der Arbeit nicht gleich in ihr Schlafzimmer, sondern setzte sich an den Esstisch und sagte: „Komm her, Ling. Ich muss mit dir sprechen."

Ich freute mich sehr, dass sie mit mir sprechen wollte. Es gab so vieles, das ich ihr erzählen wollte. Ich wollte ihr sagen, dass sie der einzige Mensch in der Welt war, der mir noch geblieben war. Und dass ich ihr verziehen hatte, meine kostbare Bluse eingetauscht zu haben.

„Hör mir gut zu." Mutter legte eine Liste auf den Tisch. „Du bist jetzt fast zwölf Jahre alt und du musst lernen, Haushaltspflichten zu übernehmen." Ihre blutunterlaufenen Augen fixierten mich wie ein Paar Dolche. Ich blickte weg. Sie machte eine kleine Pause und rieb den Knopf an ihrer Jacke. Es wirkte, als ob sie nach den richtigen Worten suchte, bevor sie weitersprach.

„Für den Fall, dass ich nicht mehr da bin …"

„Was meinst du damit, falls du nicht mehr da bist? Ich bin noch zu klein, um allein zu leben."

Mutters glasige Augen starrten auf das Porträt des Vorsitzenden Mao über unserem Kamin.

„Bitte, Mutter …, antworte!" Ich fing an zu weinen.

Sie fuhr fort: „Du musst trockene Wäsche erst einweichen, bevor du die Seife hinzugibst. Und du musst das Waschbrett …"

„Ich will das nicht hören. Ich bin noch zu jung, um das zu lernen." Ich rannte in mein Zimmer und knallte die Tür zu.

Ich zitterte vor Angst. Aus meinem Mund ertönten alle Schimpfworte, die ich kannte. Vor meinem Fenster flatterten drei Spatzen mit ihren Flügeln. Ich wünschte mir, ich könnte von diesem furchtbaren Ort wegfliegen. Was meinte Mutter mit „nicht mehr da bin"? Sollte sie auch weggebracht werden? Oder wollte sie versuchen, sich das Leben zu nehmen wie Herr Ji, und ins Wasser gehen?

Die Spatzen schossen davon, als jemand in den Hof schwankte. Ich erkannte sie als die Ärztin, die die Babys auf die Welt bringt. Auf der einen Seite ihres Kopfes war das Haar bis auf die Kopfhaut abgeschoren, auf der anderen Seite war es schulterlang. Von ihrer Stirn floss ihr Blut ins Gesicht. Ein Ärmel ihres weißen Pullovers fehlte, und ihr nackter Arm hing heraus. Sie ging auf das vierstöckige Gebäude auf der anderen Seites des Hofs zu, als Mutter sich neben mich an das Fenster stellte.

„O nein“, flüsterte Mutter, „sie haben ihr bei der heutigen Kampfsitzung[21], bei der wir Kritik und Selbstkritik üben mussten, den Yin-Yang-Haarschnitt verpasst.“ Ihre Finger griffen wieder nach dem Jackenknopf.

Ich fühlte Angst und Schmerz in meiner Brust. Was für ein Verbrechen könnte die Säuglingsärztin verbrochen haben? Ich hatte sie immer gesehen, wie sie entweder einen Säugling im Arm hatte oder mit einer Hochschwangeren durch den Hof ging. Hatten die Angst davor, dass sie die Säuglinge in Konterrevolutionäre verwandeln würde? Ein schrecklicher Gedanke nahm von mir Besitz: Würde Mutter stark genug sein, eine öffentliche Kampfsitzung durchzustehen? Hatte sie deshalb von „wenn ich nicht mehr da bin“ gesprochen, weil sie glaubte, dies würde mit ihr gemacht werden?

Jetzt erschienen die zwei Söhne der Ärztin und deren Großmutter. Die spindeldürre Großmutter humpelte auf ihren winzigen verkrüppelten Füßchen in den Hof. Mutter hatte mir erklärt, dass früher die Mädchen gezwungen wurden, ihre Füße abzubinden[22], damit sie so klein wie möglich blieben.

---

21 Eine Kampfsitzung

22 Der sogenannte Lotusfuß bezeichnet im chinesischen Kaiserreich die Fußverkleinerung bei Frauen durch das Abbinden der Füße. Die Füße wurden durch extremes Einbinden und Knochenbrechen deformiert. Winzige Füße galten als Schönheitsideal. Der Lotusfuß geht angeblich auf eine Geliebte des Kaisers Li Houzhu zurück, des letzten Kaisers der südlichen Tang-Dynastie (978). Auf jeden Fall hinderte er Frauen an jeder Form selbständiger Bewegung.

Der ältere Junge hatte ein kleines schwarzes Mal an der linken Seite seines Kinns und war etwa einen halben Kopf größer als sein Bruder, der ein breites Gesicht mit einer flachen Nase hatte. Beide waren kräftig gebaut. Die Familie war vor ungefähr einem Jahr hierhergezogen, und ich wusste, dass der Vater zuvor an Krebs gestorben war.

Nun standen die beiden Jungen links und rechts der Großmutter und halfen ihr beim Gehen. Ihre Gesichter waren vor Sorgen ganz verkniffen. Kurz nachdem sie ihr Gebäude betreten hatten, begann die Großmutter laut zu jammern und zu wehklagen. Der ältere Junge kam wieder nach draußen gelaufen und schrie: „Hilfe! Helft meiner Mutter!"

Mutter hielt meine Arme mit beiden Händen fest. Und gerade als ich mich fragte, ob ich mich aus ihrem Griff losreißen sollte, um den beiden und der Mutter zu helfen, kam Genosse Li in den Hof gerannt, gefolgt von Rotbacke, Kurzbein, Pickelgesicht und Mausauge. Seine kreischende Stimme dröhnte durch das Megafon: „Los, bringt eure konterrevolutionäre Mutter sofort in den Hof!" Der ältere Junge erstarrte für einen kurzen Moment und rannte dann wieder in das Gebäude. Kurzbein, Pickelgesicht und Rotbacke rasten hinter ihm her.

Mutter ließ mich los und rannte in ihr Zimmer. Ich lief hinterher und fand sie zitternd und mit geschlossenen Augen gegen ihr Bett gelehnt auf dem Boden sitzen. „Gleich holen sie mich! Gleich holen sie auch mich! Jetzt bin ich dran!", murmelte sie.

Ich unterdrückte meine Angst, nahm ihr Gesicht in meine beiden Hände und sagte ganz sanft: „Mama, Mama, sie holen die Säuglingsärztin, aber nicht dich! Nicht dich!" Langsam öffnete sie die Augen und sah mich an, ohne zu blinzeln.

„Jedermann versammelt sich sofort auf dem Hof! Sofort auf dem Hof erscheinen!" Genosse Lis wütende Stimme dröhnte durch die geschlossenen Fenster. Mutter ließ sich von mir wie eine Marionette hin und her bewegen. Ich half ihr beim Anziehen der Jacke und ging dann gemeinsam mit ihr in den Hof hinunter. Zu unserem Entsetzen stand jetzt eine Trage vor dem Gebäude der Ärztin, und darauf war der Umriss eines Körpers unter einem blauen Tuch zu erkennen.

Was war unter dem Tuch? Der Körper der Säuglingsärztin? Wie konnte das sein? Eben war sie doch noch durch den Hof gegangen. Ich konnte nicht glauben, was ich dort sah.

Die beiden Söhne, die die Großmutter stützten, standen neben der Trage. Die Großmutter weinte sehr heftig, und die Tränen strömten nur so über ihr Gesicht. Hätten die beiden Jungen sie nicht gestürzt, wäre sie der Länge nach hingefallen. Der ältere Junge wischte sich mit der Rückseite seiner freien Hand ständig über seine geschwollenen Augen. Der jüngere starrte in die Ferne, als wären seine Gedanken weit weg.

Mein Herzschlag setzte fast aus vor Angst und Trauer. Und wenn sie sie jetzt schnell ins Krankenhaus brachten, konnte sie dann noch gerettet werden? Ich unterdrückte meine Tränen. Ich wollte nicht, dass Genosse Li mich weinen sah.

Er stand neben dem älteren Jungen, umringt von seinen Rotgardisten, und rauchte die übliche Zigarette, während er wartete, dass wir uns alle versammelten. Als er uns entdeckte, bedachte er uns mit einem gehässigen Grinsen. Mutters Augen waren halb geschlossen.

Ungefähr zwanzig Nachbarn standen mucksmäuschenstill im kalten Frühlingswind. Am Tag zuvor hatte es geregnet, und so war der Boden des Hofs matschig, und an einigen Stellen waren noch ein paar kleine Pfützen zu sehen. Die kahlen Äste der Bäume reckten sich wie Arme, die verzweifelt um Hilfe bitten, in den Himmel.

Genosse Li schrie durch das Megafon: „Jedermann gucke sich diese Nummer-Eins-Verräterin gut an!“ Er zeigte mit dem Finger auf den Umriss unter dem Tuch. „Indem sie sich selbst umgebracht hat, hat sie verhindert, umerzogen zu werden, und damit ihren Hass gegen den Vorsitzenden Mao und die Revolution unter Beweis gestellt!“

Wieso hatte die Ärztin sich das Leben genommen? Hatte sie das getan, weil die ihre Haare abgeschnitten und ihre Kleidung kaputtgerissen haben? Hätte ich etwas tun können, um sie zu retten? Vor meinen Augen verschwamm alles.

„Zeigt eure Liebe für den Vorsitzenden Mao. Nehmt den richtigen Klassenstandpunkt zwischen euch und dieser Verräterin ein“, kreischte Genosse Li die Familie der Ärztin an.

„Niemals!“ Der ältere Junge schwang seine Faust in die Luft, spuckte Genosse Li ins Gesicht und schrie: „Ihr habt sie dazu getrieben! Ihr habt meine Mutter umgebracht!“ Das schwarze Mal an seinem Kinn hüpfte auf und nieder, während er schrie. Erstaunt machte Genosse Li ein paar Schritte zurück und wischte sich die Spucke mit dem Jackenärmel ab. Alle im Hof waren wieder mucksmäuschenstill. Ich konnte hören, wie schwer Mutter atmete. Vom Fluss war mehrfach die Sirene eines Schiffs zu vernehmen. Mein Kopf dröhnte.

„Du konterrevolutionäres Insekt.“ Genosse Li hob das metallene Megafon und ließ es mit voller Wucht auf den Kopf des Jungen krachen. Ein Geräusch, wie wenn Metall auf Stein trifft, war zu hören, gefolgt von einem kurzen elektrostatischen Rauschen. Blut strömte aus einem Schnitt über dem Ohr des Jungen. Er fiel auf die Knie und zog dabei seine Großmutter mit sich, die noch versuchte, auf den Beinen zu bleiben, doch dann neben ihm zu Boden schlug.

Es fühlte sich an, als ob mich jemand im Inneren treten würde.

„Dem werde ich eine Lektion erteilen!“, rief Pickelgesicht und trat mit voller Wucht gegen den Jungen, der nun stöhnend vollends zu Boden ging. Mausauge trampelte und stampfte auf seiner Brust herum. Blut floss aus dem Mund des Jungen. Wie von unsichtbaren Geistern gelenkt zog er seine Arme und Beine an und streckte sie wieder aus.

Tränen traten mir in die Augen. Zitternd schnappte ich nach Luft. Eine junge Krankenschwester, die neben mir stand, fing an zu weinen. Mutter legte mir ihren Arm um die Schultern. Ich fühlte ihr Gewicht auf mir lasten. Ich wünschte mir, jemand würde dafür sorgen, dass sie mit dem Schlagen aufhörten. Wenn Vater hier wäre, hätte er den Jungen gerettet, so wie er seinerzeit Frau Wong gerettet hatte.

Plötzlich schmiss sich die Großmutter über den Jungen. Mit schriller Stimme flehte sie: „Bitte, bitte vergebt uns. Wir werden eine Trennungslinie ziehen zwischen uns und meiner konterrevolutionären Tochter. Vergeben Sie meinem Enkelsohn. Ich werde den Platz meiner Tochter zur Umerziehung einnehmen."

Das Schlagen hörte auf. Die Luft roch nach Blut. Einige Tropfen kalten Regens fielen auf mein Gesicht. Wie konnten sie den Jungen nur so grausam zusammenschlagen, nachdem er gerade seine Mutter verloren hatte? Die Großmutter musste vollkommen verzweifelt sein, ihre Tochter zu denunzieren, um ihre Enkelsöhne zu retten.

Als ich mich umblickte, sah ich, dass viele Frauen ihre Augen so wie Mutter geschlossen hatten. Drei junge Ärzte standen in einer weit entfernten Ecke mit Gesichtern, die vor Entrüstung wie gemeißelt wirkten. Wie sehr ich mir wünschte, dass sie etwas unternehmen würden, um das Ganze zu stoppen. Aber keiner bewegte sich. Sie hatten gewiss Angst davor, sich selbst und ihre Familien zu gefährden.

Pickelgesicht versuchte Großmutter und Enkelsohn mit seinem Stock voneinander zu trennen und stach der alten Frau so lange mit dem Stock in die Brust, bis sie nach hinten kippte. Nun lag der ältere Junge bewegungslos im Matsch.

Der kleinere Junge half seiner Großmutter auf die Knie, dabei flossen Tränen über sein Gesicht.

Das Haar an meinen Armen stand zu Berge, und ich versuchte mit Mühe, den Kloß in meinem Hals loszuwerden.

Während die Rotgardisten die beiden Jungen wegschleiften, warf sich die Großmutter auf den Körper auf der Bahre und rief klagend: „Warum musstest du uns das antun? Wusstest du denn nicht, dass deine Söhne für deinen Tod bezahlen würden?“

Das war der Moment, in dem ich begriff, dass der Tod das Leiden nicht beenden konnte. Hätte sich die Säuglingsärztin auch dann das Leben genommen, wenn sie gewusst hätte, was danach mit ihrer Familie geschehen würde?

Als Kurzbein und Mausauge die Großmutter wegzogen, schleifte das blaue Tuch, das sie noch festhielt, hinter ihr her und legte den Körper der Säuglingsärztin frei. Ein alter Mann brach in lautes Gejammer aus, es hörte sich an, wie das Geheul eines verwundeten Wolfs. Das Heulen hallte im ganzen Hof wider. Der Boden unter meinen Füßen schwankte. Ich hielt mich am Milchbaum fest.

Ein langer weißer Strick, genau wie der unter Mutters Matratze, war um den Hals der Ärztin gewickelt. Ihre Augen waren weit geöffnet.

Einkaufen mit Mutter

勇气

Den ganzen Sommer lang verfolgte mich das ausdruckslose Gesicht der Säuglingsärztin. In meinen Träumen schritt sie mit einem langen weißen Strick um den Hals direkt auf mich zu, sie hatte dabei ein Baby auf dem Arm. Ich streckte meine Hand aus, um ihr den Säugling abzunehmen, und sie löste sich auf. Oftmals wachte ich dann schweißgebadet auf und fand nicht wieder in den Schlaf. Immer wieder fragte ich mich voller Angst, was Mutter mit dem Strick unter ihrer Matratze vorhatte. Ich wollte ihn ihr wegnehmen, und als ich mich das endlich traute, war der Strick nicht mehr da.

Ich konnte nicht aufhören, an die beiden Jungen zu denken und an ihre Großmutter. Nach dem schrecklichen Tag habe ich sie nie wiedergesehen.

Ob sich der ältere Junge von den Schlägen erholt hatte? Ich hatte ihn zuvor viele Male im Hof des Krankenhauses gesehen. Abgesehen von dem Muttermal an seinem Kinn fand ich ihn hübsch, besonders seine Doppellidfalte. Wenn wir im Hof aneinander vorbeigingen, blickte er nach unten und vermied jeden Augenkontakt. Ich hatte eine Traurigkeit in ihm gespürt, die mich neugierig gemacht hatte. War er traurig, weil er seinen Vater verloren hatte? Hatte er seinen Vater so sehr geliebt wie ich meinen? Nun wünschte ich mir, dass ich den Mut gehabt hätte, ihn anzusprechen und besser kennenzulernen. Und tief in mir, hoffte ich, dass ich ebenso tapfer sein würde, wenn die Zeit käme, in der ich Mutter verteidigen müsste.

***

Ich lernte es, viele Hausarbeiten zu erledigen. Mutter hatte nie wieder davon gesprochen, aber der Gedanke an den Strick verdüsterte mir noch immer die Tage. Ich hatte Angst, dass jedes Fehlverhalten meinerseits dazu führen könnte, dass sie mich allein ließ. Ich war ziemlich gewachsen und ganz dünn. Würde Vater mich überhaupt erkennen, wenn er mich in meiner geflickten Mao-Jacke sehen würde?

Als der Regen sich im Herbst zu Graupelschauern entwickelt hatte, die Wege und Straßen mit Eis verkrusteten, las ich in der Zeitung, dass die Arbeiter im Wasserwerk nur noch halbe Tage arbeiteten; den Rest des Tages verbrachten sie damit, Maos Lehrsätze zu lernen. Und wenn sie arbeiteten, erledigten sie ihre Arbeit nicht einmal ordentlich. Der Wasserhahn in unserer Küche gab nur nachts sandige Wassertropfen von sich. Ich wickelte zwei Lagen Tupfer aus dem Krankenhaus um die Tülle des Hahns und in ein bis zwei Tagen waren sie voller Sand.

Wir hatten unsere Emaillewaschschüssel unter den Hahn gestellt, um die Wassertropfen während der Nacht aufzufangen. Morgens war die Waschschüssel oft nur halb voll und von einer dünnen Schicht Eis bedeckt. Das Eis zerbrach ich dann mit einem Metallspatel. Auf dem Grund der Waschschüssel war eine Sonne aufgemalt, deren Strahlen aus Worten in roter Farbe bestanden:

LANG LEBE DER VORSITZENDE MAO!
LANG LEBE DER VORSITZENDE MAO!

Ein „Lang" war schon völlig verblasst. Jedenfalls glaubte ich nicht, dass Mao sein Gesicht mit sandigem Eiswasser waschen musste.

Ich lernte, Wasser zu sparen, indem ich in ein und demselben Wasser erst mein Gesicht wusch, dann unsere Kleidung und am Ende den Fußboden damit wischte.

Ich hatte Geschick darin entwickelt, ein Waschbrett zu benutzen – ein hölzernes Brett mit tiefen Einkerbungen. Ich presste und rollte die Kleidung an dem Waschbrett rauf und runter. Meine Hände wurden taub vom eiskalten Wasser, und die kleinen Seifenstückchen glitschten mir aus den geschwollenen Fingern.

Viele Male schon hatte ich mir geschworen, dass ich mir, wenn ich erwachsen und Seife nicht mehr rationiert war, eine ganze Schachtel mit Seifenstücken kaufen und nur die großen benutzen würde. Und wenn Mutter dann immer noch dachte, dass jemand auch die kleinen Stücke aufbrauchen müsste, würde ich diese für sie aufheben. Dann wüsste sie mal, wie schwer es war, damit zu waschen.

Eine Aufgabe, die Mutter mich nicht gebeten hatte zu übernehmen, war das Einkaufen auf dem Markt. Sie hatte gesagt, dass ich noch immer zu jung wäre, um für das Essen zu kämpfen. Ich hätte überhaupt keine Vorstellung, wie schlimm das sein könnte. Und an den Tagen, an denen sie mit einem leeren Korb zurückkam, wünschte ich mir, sie hätte mich mitgenommen. Ich hätte einfach irgendetwas Essbares gekauft, um den Hunger zu stillen.

Endlich, an einem Sonntag im Februar, weckte mich Mutter mit den Worten: „Beeil dich! Heute soll es Fleisch geben. Ich zeige dir, wie das Einkaufen geht."

Ich öffnete meine Augen. Draußen war es noch dunkel.

„Jetzt gleich? Wie spät ist es denn?"

„Halb vier Uhr morgens", antwortete Mutter mit ihrer müden Stimme. Ich griff nach meinem Mantel, der ganz oben auf den wattierten Bettdecken lag, doch es war so eiskalt, dass ich meine Hand sofort wieder unter die warmen Decken steckte. Andererseits ließ mich der Gedanke, dass Mutter mich nun endlich alt genug fand, um mich mitzunehmen, wieder aufsetzen. Ich holte tief Luft, sprang aus dem Bett und schlüpfte in den eiskalten Mantel.

Draußen verschluckte uns der dicke Nebel gänzlich. Die Luft fühlte sich feucht an. Die Straßenlaternen gaben einen sanften gelblichen Schein von sich. Kaputte Wandzeitungen flatterten in der eiskalten Brise hin und her. Ich zitterte am ganzen Körper. Meine Ohren taten weh. Unter den vielen Kleiderschichten juckte es mich am Rücken. Es war Wochen her, seitdem ich das letzte Mal gebadet hatte. Ich träumte davon, mich im heißen Wasser einweichen zu lassen und den schmuddeligen Geruch von meinem Körper zu schrubben. Um meine von Frostbeulen übersäten Hände warm zu halten, versuchte ich, sie unter die Ärmel des jeweils anderen Arms zu schieben, aber ich bekam nur die Fingerspitzen meiner geschwollenen Hände darunter.

Der Laden lag auf meinem Schulweg. Ich war aber noch nie so früh dort gewesen, Mutter kaufte meistens gleich nach der Nachtschicht ein, denn während des Tages waren die Regalbretter des Ladens leer. Manchmal standen auch einige Pappkartons auf den Verkaufstheken, auf denen Zettel lagen.

***

Einmal, als gerade niemand hinter der Verkaufstheke stand, war ich hingelaufen, um auf die Zettel zu gucken. Es standen Namen darauf, und in den Schachteln waren sauberes Gemüse, Eier und Fleischstücke. Eine der Schachteln war adressiert an Genosse Li. Eine fette Verkäuferin war sofort von hinten angerannt gekommen und schrie mich an: „Verschwinde! Heute gibt es keine Lebensmittel mehr!“ Ich hatte ihr einen empörten Blick zugeworfen und war davongerannt. Was meinte sie damit, keine Lebensmittel? Waren die Kartons nur für die mächtigen Leute?

***

Ich hatte jedenfalls noch nie so viele Menschen in der Nähe des Geschäftes gesehen wie an diesem Morgen. Eine lange gewundene Schlange begann schon zwei Straßenecken davor. Kein Wunder, dass Mutter so selten Fleisch nach Hause brachte.

„Gibt es heute Fleisch?“, fragte Mutter den letzten Menschen in der Schlange. Sein Gesicht war ganz mit einem grauen Schal umwickelt, nur die Augen waren zu sehen.

„Wer weiß? Vor einer halben Stunde habe ich gesehen, wie sie eine Rikscha mit Fleisch entladen haben. Aber die Schlange hat sich nicht einmal einen Schritt voran bewegt.“ Er stampfte mit den Füßen auf, um sich warm zu halten. „Ich denke, es hängt davon ab, ob sie genug für die Hintertür haben.“ Seine Stimme überschlug sich fast vor Ärger.

Vor ihm saßen Menschen unter großen Mänteln schlafend auf der Erde der Betongasse. Ein alter Mann schnarchte und pfiff wie eine bejahrte Fahrradpumpe. Hier und da standen leere Körbe oder große Steine zwischen den schlafenden Menschen in der Schlange.

„Wofür sind die, Mama?“, flüsterte ich und zeigte auf einen der großen Steine.

„Die sind für Leute, die gestern Abend hier die Steine oder ihre Körbe neben einem anderen, der ihnen den Platz freihält, abgestellt haben. Die kommen dann wieder, wenn der Laden um sieben Uhr öffnet“, erklärte mir Mutter.

Ich fühlte, wie uns böse Blicke folgten, als wir an der Schlange vorbei weiter nach vorne gingen. Mein Körper verkrampfte sich.

„Ah. Da ist ja unser Korb.“ Mutter zeigte auf einen mir vertrauten Bambuskorb neben einer Frau und ermahnte mich: „Sag Tante Wu guten Tag.“

„Guten Morgen, Tante Wu.“

Tante Wu war eine Frau mittleren Alters. Ihre verblichene Mao-Jacke saß so eng in der Taille, dass es schien, als würde sie gleich platzen. Sie hatte so stark vorstehende Hasenzähne, dass sie ihre Oberlippe ein wenig nach rechts ziehen musste. Sie blickte mich nicht an, als ich sie begrüßte. Ihre Augen blickten nur starr auf den Eingang des Ladens.

Mutter hob den Bambuskorb hoch und nahm ihren Platz in der Reihe ein. „Nächsten Monat sind wir dran, den Platz in der Schlange freizuhalten“, sagte Mutter laut, wie um sicherzugehen, dass Tante Wu es auch hörte.

Ich hatte Tante Wu noch niemals auf dem Krankenhausgelände gesehen. Mutter musste sie hier auf dem Markt kennengelernt haben. Während die Zeit voranschritt, stampfte ich mit den Füßen und blies in meine Hände, um sie zu wärmen. Mein Mantel wurde immer feuchter und schwerer. Wie hatte es Tante Wu nur die ganze Nacht in dieser Kälte ausgehalten, ohne zum Eisblock zu gefrieren?

Die Menschen in der Schlange wurden immer unruhiger. Ein alter Mann gab schreckliche Gurgelgeräusche von sich, als er seinen Mund mit Tee ausspülte und diesen dann auf die Erde spuckte. Zwei junge Frauen flochten sich gegenseitig Zöpfe.

„Es geht los!“, brüllte Tante Wu plötzlich und reckte ihren Hals in Richtung Ladeneingang.

Die Schlange löste sich auf, als die Menschen auf die Tür losrannten. Mutter hielt ihren Korb vor die Brust, zog den Kopf ein und drängte vorwärts.

Jemand trat auf meinen linken Schuh. Während ich versuchte, meinen Fuß loszubekommen, verlor ich den Schuh. „Mein Schuh, mein Schuh!“, rief ich, aber niemand achtete darauf.

Weil ich Angst hatte, den anderen auch noch zu verlieren, zog ich ihn aus und steckte ihn in meine Manteltasche. Tante Wu war neben mir auf den Boden gefallen.

„Geben Sie mir Ihre Essensmarken, Tante, und das Geld“, sagte ich, „ich helfe Ihnen.“ Ich zog sie wieder auf die Beine, nahm ihr den Korb, eine Rolle feuchter von einem Gummiband zusammengehaltener Geldscheine sowie die Essensmarken aus der Hand. Dann drückte ich mich durch die Wand aus Körpern vor mir. Von hinten wurde ich von anderen Menschen weitergeschoben. Sie drängten mich mit so einer Wucht vorwärts, dass ich in die Luft gehoben wurde. Ich entdeckte Mutter weiter vorne, aber noch weit entfernt von der Fleischtheke.

Als die Menge mich wieder zu Boden drückte, machte ich mich seitwärts davon und rannte zur Hintertür des Ladens. Der Boden fühlte sich durch meine Socken eiskalt an, aber ich rannte einfach weiter. Schon bald waren meine Socken durchweicht, und ich konnte meine Zehen nicht länger fühlen.

An der Hintertür war alles ruhig. Nur ein Mann in Armeeuniform und zwei Frauen warteten dort vor einem langen Tisch, der vor dem Laden aufgebaut war. Kleine Pappkartons standen in einer Reihe auf dem Tisch. Ich stellte mich ans Ende der Schlange. Ein hochgewachsener Verkäufer in einer langen braunen Plastikschürze las laut eine Liste vor. Seine gelben Gummihandschuhe waren blutverschmiert.

„Genosse Sin, zwei Jin."

„Hier bin ich." Ich erkannte den großen Mann in Uniform mit den buschigen Augenbrauen: Es war Gaos Vater, er war letzte Woche in unserer Schule erschienen, um die neuesten Anweisungen des Vorsitzenden Mao zu verkünden.

Schränkt das Konsumieren ein und seid hungrige Helden um der Kulturrevolution willen.

Genosse Sin machte einen Schritt nach vorn und gab dem Verkäufer einen Schein. Daraufhin übergab ihm der Verkäufer einen kleinen Pappkarton.

„Danke", sagte Genosse Sin und pfiff vor sich hin, als er an mir vorbeiging. Ich konnte Fleisch und Eier in dem Karton erkennen.

Kein Wunder, dass Gao immer pummeliger wurde, während wir anderen klapperdünn wie Streichhölzer waren. Hier an der Hintertür musste sein Vater nicht einmal seine Essensmarken benutzen. Mir würde es auch nichts ausmachen, ein hungriger Held zu sein, wenn ich dabei Eier und Fleisch essen könnte. Jetzt trudelten hinter mir weitere Kunden ein.

„Genosse Fong, ein Jin."

„Hier", murmelte eine Frau, die auf einem Stück Brot herumkaute. Ihr Kopf war in einen dicken roten Schal gewickelt. Als ich beobachtete, wie sie dem Verkäufer einen Schein gab, bewunderte ich ihre schwarzen Nylonhandschuhe. So ein paar warme Handschuhe wünschte ich mir auch.

„Genosse Mong, ein Jin."

Keiner antwortete.

„Genosse Mong!" Der Verkäufer blickte die kurze Schlange entlang.

In meinem Kopf drehte sich alles. Vom Vordereingang des Ladens hörte ich jemanden schreien: „Kein Fleisch mehr! Heute kein Fleisch mehr!"

Ob Mutter die Fleischtheke jemals erreicht hatte? Ich tastete nach der Essensmarke, zog sie unter dem Gummiband weg und versteckte sie in meiner Tasche.

„Genosse Mong …"

„Hier!" Ich gab dem Verkäufer das Papiergeld und blickte dabei auf seine verschmierte Schürze.

„Bist du Genosse Mongs Tochter?", fragte der Verkäufer und blickte mich an.

Ich hielt die Luft an und nickte. Mein Gesicht brannte vor Scham. Wenn Vater sehen könnte, wie hoffnungslos Mutters Kampf um Fleisch in der Menge war, würde er mir meine Lüge dann verzeihen?

Der Verkäufer wickelte ein Stück Fleisch in ein trockenes Lotusblatt und ließ es in meinen Korb fallen. Das Fleisch wog schwer wie ein Stein. Ich wollte gehen, aber meine Füße bewegten sich nicht vom Fleck, so als ob sie nicht zu mir gehörten. Ich sagte mir: *Du darfst nicht fallen. Wenn er sieht, dass du keine Schuhe anhast, wird er misstrauisch werden und dir das Fleisch wieder wegnehmen.* Langsam drehte ich mich um, und machte ein paar Schritte.

„Komm zurück, komm zurück!“, rief der Verkäufer von hinten. Sollte ich wegrennen? Aber bevor ich entscheiden konnte, was ich tun sollte, fühlte ich jemanden sanft auf meine Schulter tippen.

„Dein Wechselgeld.“ Der Verkäufer gab mir einen Schein. „Du musst aufpassen, kleines Mädchen. Das nächste Mal schick lieber deinen Vater.“

Die Menge brach in Gelächter aus. Ich rang mir ein Lächeln ab und steckte das Geld in die Manteltasche.

Würden sie noch immer lachen, wenn sie wüssten, dass ich die Tochter eines Klassenfeindes war?

Als ich wieder vor dem Laden stand, hatten sich Menschen in kleinen Gruppen zusammengefunden und machten ihrem Unmut Luft.

„Ich habe seit gestern Abend acht Uhr hier angestanden“, sagte ein alter Mann, der in eine dreckige Decke gehüllt war.

„Jeden Tag nehmen sie uns an der Hintertür mehr weg. Wir haben seit zwei Monaten kein Fleisch mehr bekommen“, sagte eine kleine schwangere Frau.

„Was soll das überhaupt noch mit den Essensmarken, wenn wir doch kein Fleisch dafür bekommen?“ Ein junger Mann schmiss einen Stein an den Rand der Straße.

„Ling! Wo bist du gewesen?“ Mutter kam auf mich zu, ihr Korb war noch immer leer und drei Knöpfe ihrer jetzt matschverkrusteten Maojacke fehlten.

Mir kam wieder das Bild von Mutter, die in ihrem Seidenkleid mit Vater tanzte, in den Sinn.

„Mama, ich habe Fleisch“, flüsterte ich, während ich meine Tränen zurückhielt.

Tante Wu gesellte sich zu uns. „Wie hast du das denn geschafft?“ Sie nahm mir den Korb ab und gab mir meinen verlorenen Schuh.

Mit einem stolzen Lächeln gab ich ihr ihre Essensmarken wieder und das Wechselgeld. „An der Hintertür braucht man keine Essensmarken, und das Fleisch kostet auch viel weniger.“

Tante Wus Gesicht entknitterte sich wie eine aufblühende Chrysantheme. „Kluges Mädchen!“

Mit Tränen in den Augen zog mich Mutter in ihre Arme und umarmte mich ganz fest. „Du wirst erwachsen, mein Liebes.“

In diesem Moment nahm ich mir vor, mir noch mehr Mühe zu geben, stark zu sein und sie zu beschützen, selbst wenn ich dafür kämpfen oder lügen müsste.

Wir teilten das Fleisch mit Tante Wu.

Teil 3

Die Brücke hinter Mao

Frühlingsende 1976–Herbst 1976

Wütender Tiger

勇气

Mit der Zeit übernahm ich das gesamte Einkaufen. Mutter schien zufriedener und weniger müde dieser Tage, aber sie verbot mir, erneut Hintertür-Tricks auszuprobieren.

„Es ist zu gefährlich, und wir können uns weitere Schwierigkeiten nicht leisten“, sagte sie oft zu mir.

Ich versprach ihr aber nichts. Wenn ich allein war, tat ich, was auch immer ich konnte, um uns Essen zu besorgen.

Als es Frühling wurde, hatte ich eine sicherere Methode ausbaldowert. Ich folgte einer Gruppe alter Frauen vom Markt zu einem Dorf am Rande der Stadt. Dort verkauften Dorfbewohner Eier, Reis und Gemüse. Sie freuten sich darüber, uns etwas zu verkaufen, denn sie konnten uns höhere Preise berechnen als dem Staat. Beim ersten Mal hatte ich meinen Bambuskorb eifrig mit Reiskuchen, Tofu und Karotten gefüllt, aber auf dem Nachhauseweg merkte ich schon, dass ich einen Fehler gemacht hatte. Mit jedem Schritt wurde der Bambuskorb schwerer. Die anderen, älteren Frauen, die auch dort eingekauft hatten, waren schon lange außer Sichtweite, denn sie trugen ihre Einkäufe in selbstgenähten Stoffrucksäcken auf dem Rücken heim.

Als ich den reichlich gefüllten Korb endlich zu Hause hatte, waren meine Kleidung und meine Schuhe feucht vom Nebel, und meine Handflächen waren mit Blasen übersät. In der Nacht nähte ich aus Vaters alter Jacke einen Rucksack. Und ich passte auf, dass Mutter meine geschundenen Hände nicht entdeckte.

Als meine Blasen sich endlich in Schwielen verwandelt hatten, hatte ich auch meine Fähigkeit zu handeln und zu feilschen geschult. Im Dorf lernte ich, dass der einfachste Weg, den besten Preis zu bekommen, darin bestand zu warten, bis die älteren Frauen den Preis runtergehandelt hatten. Dann begann ich, mit den Bauern um einen noch niedrigeren Preis zu feilschen. Und meistens bezahlte ich am Ende weniger als die älteren Frauen.

So konnte ich Rationsmarken sparen, für die ich auf dem Schwarzmarkt Seife eintauschen konnte oder Zahnpasta und manchmal sogar braunen Zucker.

Durch einen Zwischenfall auf dem Schwarzmarkt hatte ich gelernt, die Waren, die ich haben wollte, erst in die Hand zu bekommen, bevor ich meine Rationsmarken vorzeigte. Damals hatte nämlich ein Junge mit sehr großen Ohren, der einen halben Kopf größer war als ich, mir angeboten, eine kleine Tüte Erdnüsse gegen zwei meiner Eiermarken einzutauschen. Ich war überglücklich über dieses Angebot. Ohne nachzudenken holte ich die Essensmarken, die ich in meinem Schuh versteckt hatte, hervor. Der Junge griff sie sich und rannte davon. Mit einem Schuh in der Hand verfolgte ich ihn bis zur übernächsten

Querstraße. Als ich ihn endlich eingeholt hatte, packte ich ihn von hinten am Kragen. Ich schrie und brüllte und schlug ihn mit meinem Schuh so lange, bis er mir die Tüte Erdnüsse gab.

In der Nacht genossen Mutter und ich eine Rote-Dattel-Suppe mit Erdnüssen. Mit einem echten Lächeln im Gesicht erklärte mir Mutter, dass diese Suppe gut für die Durchblutung wäre.

Ich nickte und schluckte das Verlangen hinunter, ihr zu erzählen, wie es meine Durchblutung gesteigert hatte, die Erdnüsse zu ergattern.

Den Sommer über fragte ich mich immer wieder, was Vater wohl sagen würde, wenn er mich auf dem Markt kämpfen und schreien gesehen hätte.

***

Im Herbst begann mein letztes Schuljahr mit Lehrerin Hui als Klassenlehrerin. Sie hatte immer versucht, mich vor Gao und seiner Bande zu beschützen. Einmal ließ sie Gao, nachdem er auf meinen Stuhl gespuckt hatte, während des ganzen Vormittags in der Ecke stehen. Und als sie gehört hatte, wie Yu mich „langhaariges bourgeoises Mädchen" genannt hatte, erklärte sie Yu ausführlich, dass das Haar einer Person nichts darüber aussagt, ob jemand bourgeois ist oder nicht.

Seit Beginn des neuen Halbjahres hatten wir keine Schulbücher mehr. Lehrerin Hui unterrichtete uns, indem sie aus der Zeitung der Zentralregierung Renmin Ribao[23] vorlas und aus dem roten Buch. An den Nachmittagen, wenn sie an der politischen Weiterbildung für Lehrer teilnahm, wurde die Klasse von den Jungpionieren geleitet, und dann hatten Gao und Yu das Sagen.

Alle Mädchen in der Klasse hatten ihr Haar wie Jiang Qing geschnitten, also direkt über den Ohren abgeschnitten. Lehrerin Hui und ich waren die Einzigen, die ihr Haar noch lang gelassen hatten. Ich hatte einmal gehört, wie sie einer anderen Lehrerin erzählte, dass sie ihren Pony lockt, indem sie ihn um einen eisernen Schürhaken rollt, den sie auf dem Ofen erhitzt. Ich hätte das auch gerne ausprobiert, aber ich hatte keinen Pony. Mutter meinte, ich wäre noch zu jung dafür.

In diesem Jahr konnte ich auch endlich zwei gleich dicke Zöpfe flechten, ohne dass Strähnen heraushingen. Da in der Stadt inzwischen jeder Zweite eine Mao-Jacke trug und überhaupt alle gleich aussahen, fand ich, dass mich niemand mit meinen langen Zöpfen für einen Jungen halten könnte.

***

[23] Renmin Ribao, *Die Tageszeitung des Volkes*, ist das Parteiorgan der Kommunistischen Partei Chinas. Sie ist heute, mit einer Auflagenhöhe von etwa 2,5 Millionen, eine der zwei größten Zeitungen der Volksrepublik China. Während der Kulturrevolution war das Lesen dieser Zeitung die einzige Möglichkeit, zu erfahren, was die Partei vorhatte.

An einem verregneten Morgen, als ich mit halb durchweichter Kleidung das Klassenzimmer betrat, stand Gao hinter Lehrerin Huis Pult. Trotz all des Fleisches und der Eier von der Hintertür, die sein Vater ihm zu essen gab, war Gao nur breiter, aber nicht größer geworden. Der Name „Gao“ bedeutet aber lang oder hochgewachsen. Doch er stand da wie ein dickes rundes Dampfbrötchen auf ein paar Entenfüßen.

„Alle Blicke auf das Plakat!“, befahl Gao und zog dabei die laufende Nase hoch. Während wir auf den großen weißen Aushang blickten, der auf die Tafel geklebt war, räusperte er sich stolz und las: „Jagt die bourgeoisen Lehrer davon! Holt euch eure Bildung bei der Arbeiterklasse!“

Mir war klar, dass ich nicht mehr nach Lehrerin Hui zu fragen brauchte.

Yu wollte mir ein Bein stellen, als ich an ihr vorbei zu meinem Platz ging, aber ich sprang einfach über ihr ausgestrecktes Bein und ignorierte sie. Ein großer grüner Rotzfladen befand sich in der Mitte meines Stuhls.

Ich versuchte, so gut wie irgend möglich, mir meine Angst und meinen Ärger nicht anmerken zu lassen, holte tief Luft und suchte in meiner Tasche nach einem Stück Papier, um den Rotz wegzuwischen. Jemand schlug mir auf den Rücken, dann trafen zwei Papierkugeln meinen Kopf. Als ich mich umdrehte, standen Yu, Gao und ihre ganze Bande hinter mir und lachten.

Ich dachte an Mutters Worte: *Wir können uns weitere Schwierigkeiten nicht leisten.* Lehrerin Hui war nicht mehr da, es gab niemanden, der sie aufhalten würde. Ich stand zwischen meinem Pult und der Bank, sie hatten mich umringt, es gab kein Entkommen. Gao stand vor meinem Pult, schwang eine Schere vor meinem Gesicht hin und her und rief: „Du! Tochter des amerikanischen Spions! Schneid deine Haare ab oder wir tun es für dich!"

Jetzt fingen sie an, mich mit Schlägen zu malträtieren, es tat furchtbar weh. Von allen Seiten wurde ich geschubst und geschlagen.

„Schneid sie ab, jetzt, jetzt, jetzt!" Sie jauchzten wie krächzende Raben.

Ich schluckte, um wieder zu Atem zu kommen, und blieb fest gegen mein Pult gelehnt stehen. Das Blut stieg mir in den Kopf. Ich würde lieber sterben, als mir von ihnen die Haare abschneiden zu lassen.

Meine Zähne knirschten in meinem trockenen Mund. „Lasst mich in Ruhe, ihr blöden Schweine!" Die Worte waren einfach so aus mir herausgebrochen.

Gao spuckte mich an, und die Spucke landete direkt in meinem Gesicht. Sie roch nach saurem Kohl. Meine Wangen brannten. „Wie kannst du es wagen, uns blöde Schweine zu nennen?", schrie Gao: „Das werde ich meinem Vater sagen!"

„Bringt die bourgeoise Bazille um!", brüllte Yu.

In Sekundenschnelle landeten noch mehr Schläge auf meinem Kopf und meinen Schultern. Sie zogen so fest an meiner Jacke, dass die Knöpfe abrissen. Ich versuchte, meinen Kopf mit einem Arm zu schützen, während ich mit der anderen Hand die Riemen meiner Schultasche ganz festhielt. Yu zog brutal an meinen Zöpfen, und es fühlte sich an, als würden sie mir von der Kopfhaut gerissen. Gao ließ die Schere in der Luft auf- und zuklappen. „Los, jetzt schneiden wir ihr die bourgeoisen Haare ab!“ Sein Gesicht verfärbte sich dunkelrot.

Die Bilder von Frau Wongs langem schwarzem Haar, das auf die gelben Blätter auf der Erde fiel, und der Ying-Yang-Haarschnitt der Säuglingsärztin rasten mir durch den Kopf.

Nein! Ich würde nicht zulassen, dass sie mich so demütigten. Ich würde ihnen beweisen, dass ich nicht schwach war. Ich würde mein Leben riskieren.

Ich schwang meine Schultasche mit voller Wucht gegen Gaos Kopf. *Krach*! *Bamm*! Er wurde von meinem Abakus[24] getroffen. Seine Augen weiteten sich vor Überraschung und Schmerz. Einmal, zweimal! Er fiel nach hinten und riss dabei die Reihe von Bänken und Pulten hinter ihm mit sich.

Die Schläge hörten auf.

Die anderen aus der Bande tauschten Blicke aus. Ich schob mein Pult mit aller Kraft auf Gao. Wie ein wütender Tiger röhrte ich: „Ich bring dich um, wenn du es wagst, meine Haare zu berühren!“

---

[24] Ein einfaches mechanisches Rechenhilfsmittel, das meist aus einem Holzrahmen mit Holzkugeln besteht, die auf Stäben aufgereiht sind. Mit einem Abakus lassen sich alle Grundrechenarten und mehr durchführen.

Mit einem markerschütternden Schrei brüllte Gao: „Hilfe! Hilfe! Ling bringt mich um! Ich blute!“ Seine Arme und Beine zuckten umher, wie er so eingeklemmt zwischen Bänken und Pulten lag. Blut tropfte aus seiner Nase. Die Schere lag zwei Reihen hinter ihm auf dem Boden.

Mit meinem zerrissenen Ärmel wischte ich die Spucke aus meinem Gesicht. Ich hätte Gao zu gern angespuckt, aber ich tat es nicht.

Yu und die anderen standen wie angewurzelt da und stierten mich an, als hätte ich plötzlich drei Köpfe. Mit meiner Schultasche in der Hand verließ ich hocherhobenen Hauptes das Klassenzimmer.

Ich fragte mich, ob die Helden in den revolutionären Kinofilmen, die lieber starben als sich zu ergeben, sich so gut fühlten, wie ich mich jetzt fühlte.

Zu stolz, um nachzugeben

勇气

Es hatte aufgehört zu regnen, und die Sonne schien durch die breiten Ahornblätter. Die Luft war heiß und feucht.

Ich wollte nicht nach Hause, denn Mutter war ja schon von der Nachtschicht zurück. Ich ging die Straße der Großen Befreiung entlang – die Hauptstraße der Stadt – und dachte über all das Unrecht nach, das mir widerfahren war.

Meine Zöpfe hatten sich mehr oder minder aufgelöst, und ein paar lange Haarsträhnen tanzten in der sanften Brise vor meinem Gesicht. Die Gummibänder mussten bei dem Angriff verloren gegangen sein.

Menschen in dunkelblauer und weißer Kleidung eilten auf den Bürgersteigen gen Osten und Westen. Eine träge Schlange von Autos, Fahrrädern, Lastwagen und Rikschas bewegte sich im Schneckentempo die breite Straße entlang. Ich fühlte die Sommerhitze in der Luft. Es roch nach Dieselabgasen und Staub. Ich machte vor dem Arbeiter&Eltern-Kaufhaus Halt. An der Eingangstür hing ein großes rotes Schild mit der Aufschrift:

GESCHLOSSEN wg. POLITISCHER SCHULUNG

Ich riss einen kleinen Stoffstreifen von meiner zerrissenen Jacke und band mein Haar zu einem Pferdeschwanz. Mutters sorgenvolles Gesicht stand mir vor Augen. Was würden sie mit uns machen, wenn Gao seinem Vater von heute berichtete?

Seit Vaters Verhaftung war ich die Straße der Großen Befreiung nicht mehr entlanggegangen, denn Mutter hatte gesagt, es wäre zu gefährlich. Die Roten Garden hatten sich nämlich in zwei Gruppen aufgeteilt, die Rechten und die Linken, die einander konstant bekämpften. Wenn Mutter und ich rausgingen, blieben wir immer in den Nebenstraßen. Aber heute, nach der Prügelei in der Schule, machte mir nichts mehr Angst. Das nächste Mal, wenn die Bande mich angriff, würde ich vermutlich nicht mehr so davonkommen, aber zumindest würde ich ihnen ein paar Schläge verpassen und für einige blutige Nasen sorgen.

Plötzlich brüllte jemand: „Aus dem Weg! Los, aus dem Weg!“ Rikschas und Fahrräder blockierten den engen Bürgersteig. Ein paar Leute fielen von ihren Fahrrädern. Ich sprang zur Seite, damit niemand in mich hineinkrachte. Ein grüner Polizeijeep mit roter Flagge raste vorbei. Ein junger Arbeiter mit farbbekleckster Uniform rief dem Jeep Flüche hinterher, bevor er wieder auf sein Fahrrad stieg.

Wie alle anderen auch nutzte ich meine Ellenbogen, um mich in der Menge fortbewegen zu können.

Vater hatte mich immer ganz dicht hinter sich laufen lassen, während er das „Ellenbogen-Schwimmen“ übernommen hatte.

Das Stadtgefängnis lag eine Querstraße hinter dem Kaufhaus. Es war das einzige Gebäude mit dicken Eisengittern vor den Fenstern. Zwei Soldaten mit Maschinenpistolen bewachten den mit Eisentoren bewehrten Eingang. Eine kleine Menschengruppe stand schweigend in einer Reihe vor dem Eingang mit kleinen Stoffbeuteln in den Händen. Ich beneidete sie, weil sie wussten, dass eines ihrer Familienmitglieder dort einsaß. Noch immer fragte ich mich Tag und Nacht, wohin sie Vater wohl gebracht hatten.

Nicht sehr weit vom Gefängnis befand sich ein Buchladen. Ein riesiges Banner mit Mao-Porträt hing vom zweiten Stock des Gebäudes. Er lächelte und winkte mit seiner großen Hand.

„Halt! Stehen bleiben, oder wir töten euch!“ Die Rufe kamen von hinten.

Ich erstarrte. Menschen in meiner Nähe bildeten eine Gasse.

Zwei Rotgardisten rannten, von vier weiteren verfolgt, dicht an mir vorbei.

Ich sprang hinter einen großen Baumstamm.

Nach etwa zwanzig Metern hatten die vier die zwei eingeholt.

„Dieses Mal werden die Rechten die Linken verhauen“, sagte eine dünne junge Frau in der grünen Uniform der Post.

„Was macht das schon für einen Unterschied?“, fragte eine mittelalte Frau mit grauen Haaren. „Sind sie nicht alle Rotgardisten?“

„Ach, wer weiß das schon. Jede Seite glaubt, ihre Anhänger folgen Mao noch hingebungsvoller als die andere. Seht nur, wie sie ihre Armbinden tragen." Die junge Frau ging näher an die Kämpfenden heran. Manche Leute auf dem Bürgersteig eilten weiter, ohne aufzublicken; andere sahen den Kämpfen aus der Ferne zu.

Die zwei Rotgardisten, die ihre Armbinden um den linken Arm trugen, begannen ihre Gürtel durch die Luft zu schwingen. Während sie die Luft durchschnitten, gaben die Gürtelschnallen ein wütendes Summen von sich. Die vier mit den roten Armbinden um den rechten Arm machten ein paar Schritte zurück. Ich erkannte Kurzbein und Pickelgesicht unter ihnen.

Plötzlich war ein Geräusch zu vernehmen, wie von einem Hackmesser, das auf einen Knochen trifft. Kurzbein gab einen lauten Schrei von sich. Blut quoll aus einer tiefen Wunde an seinem Kopf. Die beiden Linken nahmen nun die Beine in die Hand und rasten an dem Buchladen vorbei davon. Pickelgesicht und zwei weitere Rechte verfolgten sie noch ein paar Schritte, rannten dann aber wieder zurück zu Kurzbein. „Die holen wir uns später!", keuchte Pickelgesicht.

Er hob Kurzbein an den Schultern hoch, die beiden anderen nahmen jeweils ein Bein und schon eilten sie Richtung Krankenhaus los. Als sie an mir vorbeiliefen, sah ich, dass Kurzbeins Gesicht blutverschmiert war und seine Augen geschlossen waren. Ein paar Kinder liefen hinter ihnen her, und die Menschenmenge löste sich langsam auf.

Ich hatte noch nie zuvor gesehen, wie eine Metallschnalle ein Loch in einen Kopf schlug. Mit wie vielen Stichen mussten sie das Loch wohl schließen? Vielleicht würde Kurzbein ja sterben.

Ich wäre jedenfalls nicht traurig, wenn das geschehen würde. Es war jetzt siebzehn Monate her, dass sie Vater weggebracht hatten, aber es fühlte sich noch immer so an, als wäre es erst gestern gewesen.

Da lag etwas auf der Erde. Es war der Gürtel mit der schweren Schnalle, die jetzt rot von Blut war. Ich zögerte erst, doch dann ging ich hin, hob den Gürtel auf und packte ihn in meine Schultasche.

Morgen – morgen in der Schule, falls sie mich wieder demütigen sollten, würden sie herausfinden, wie weit zu gehen ich bereit war, um mich zu schützen.

Im Zickzack lief ich zwischen Menschen und Fahrrädern die Revolutionsstraße der Sechs Häfen entlang, die zum Han-Fluss führte. Die Sonne glühte über dem sandigen Ufer. Ich stieg die Steinstufen zum Fluss hinab. Ein Schlepper zog einen riesigen Frachtkahn, der mit Bauholz beladen war, über den Fluss. In den Bäumen nahebei sangen die Vögel. Ich ließ mich dort nieder, wo ich immer mit Vater gesessen hatte. Ich stützte mein Kinn auf meine Hände und blickte auf den Fluss. Meine Gedanken schwirrten in alle Richtungen.

Wo war Vater? War es schmerzhaft, sich selbst zu ertränken? Wenn eine Person starb, landete ihr Geist dann im Paradies? Und wenn ja, flog er auf dem Weg dahin an der

Golden Gate Bridge vorbei? Nein, nein! Ich jagte den Gedanken davon. Ich wollte ein rotes Kleid tragen, Eiscreme essen und auf grünem Rasen laufen. Ich wollte leben, leben für den Tag, an dem ich mit Vater die Golden Gate Bridge besuchen konnte. Aber war er überhaupt noch am Leben? Meine Augen brannten. Ich kniff sie zu.

Die Brise wurde immer frischer, je mehr der Tag sich dem Ende neigte. Mein Magen knurrte, als der Duft von Knoblauchfisch und Jasminreis von den kleinen Booten in der Nähe herüberwehte. Jetzt musste Mutter schon zur Nachtschicht losgegangen sein. Ich machte mich auf den Heimweg, entlang der Straße der Großen Befreiung, auf der hupende Autos sich ihren Weg bahnten. Der von Menschen wimmelnde Bürgersteig wurde vom Licht des Vollmonds erhellt.

Als ich unseren Hof betrat, sah ich ein schwaches Licht durch die Fenster unserer Wohnung schimmern. War Mutter etwa noch zu Hause? Ich schlich auf Zehenspitzen die Treppe hinauf und holte tief Luft, bevor ich die Wohnungstür aufmachte.

Auf dem Esstisch stand eine kleine brennende Öllampe. Mutter saß auf einem niedrigen Hocker daneben, ihre Knie mit beiden Armen umschlungen. Sie blickte aus dem Fenster in die Dunkelheit und wirkte dabei klein und hilflos.

Sie bemerkte mich erst, als ich ihr sanft auf die Schulter fasste und sagte: „Mama, ich bin da."

Mit roten, geschwollenen Augen blickte sie zu mir hoch.

„Weißt du eigentlich, was du angerichtet hast, Ling?"

„Er hat Vater einen amerikanischen Spion genannt." Ich war zu stolz, um ihr zu erzählen, dass Gao mir ins Gesicht gespuckt hatte.

„Aber Ling, weißt du denn nicht, wer der Vater des Jungen ist, und was er uns antun kann?" Mutter machte eine Pause. „Sie haben mich beschuldigt, dich mit dem Mord an einem jungen Revolutionär beauftragt zu haben." Mutter erhob sich von dem Hocker. „Entweder du entschuldigst dich oder sie werden an uns ein Exempel statuieren." Sie ging hinüber zur Tür, hinter der ihre Schwesternuniform hing.

In mir brannte die Wut, und durch meine zusammengebissenen Zähne presste ich die Worte: „Entschuldigen? Nein! Niemals!"

Mit ihrer weißen Uniform in der Hand, drehte sich Mutter zu mir um. „Ich weiß, was sie dir in der Schule angetan haben. Du hast nichts falsch gemacht. Aber ich halte es einfach nicht mehr aus – die Angst, nicht zu wissen, was mit deinem Vater geschehen ist, und zu sehen, wie du leidest. Ich wünsche mir einfach, du könntest ein bisschen biegsam sein wie ein Bambusrohr im Wind. Wenn sie uns ins Arbeitslager schicken, werden wir schlimmer als die Tiere behandelt werden."

Mir blieben die Worte im Halse stecken. Mutter seufzte und ging davon. Ich lief zum Fenster in meinem Zimmer und sah, wie sie ihren dürren Körper über den Hof schleppte. Für einen Moment stellte ich mir vor, wie ich mich bei Gao entschuldigte. Aber bei dem Gedanken, wie ein triumphierendes Grinsen über sein hässliches Gesicht zog, wusste ich, dass ich lieber sterben würde, als mich zu entschuldigen.

Ich setzte mich auf mein Bett und zog den Gürtel aus der Schultasche. Mit einem Zipfel meines Hemdes wischte ich das dunkle Blut ab. Je mehr die Gürtelschnalle anfing zu glänzen, desto mehr fühlte ich mich für den Kampf gerüstet.

Meine Gedanken drifteten von den Auseinandersetzungen mit Gao in der Schule zu der Säuglingsärztin unter dem blauen Tuch und schließlich zu dem weißen Strick unter Mutters Matratze. Was würden sie mit Mutter und mir machen, wenn ich mich nicht entschuldigte?

Langsam fielen mir die Augen zu und ich sank auf mein Bett. Ich betete, dass mich eine gute Fee zur Golden Gate Bridge bringen würde. Aber mehr als alles andere betete ich dafür, dass sie Vater wohlbehalten nach Hause bringen könnte.

In der Nacht träumte ich nicht.

Warten auf Vater

勇气

Zu meiner Überraschung war Gao am nächsten Tag und auch an den darauffolgenden Tagen nicht in der Schule. Yu und ihre Bande summten wie lästige Insekten um mich herum, die nur auf den richtigen Moment für den Angriff warteten. Hatte ich Gao wirklich verwundet? Und wenn ja, warum hatte sich sein Vater dann nicht gemeldet? Jedes Mal wenn ein Fremder unser Klassenzimmer betrat, zuckte ich zusammen.

Seit dem Verschwinden von Lehrerin Hui kamen jeden Tag Besucher in unser Klassenzimmer – mal Bauern vom Lande, mal Soldaten, mal Fabrikarbeiter –, die uns Vorträge hielten: über die Bedeutung des Klassenkampfs, das Elend im alten China und ihre Zufriedenheit im neuen paradiesischen China. Wenn ich ihnen zuhörte, schoss mir eine Frage nach der anderen durch den Kopf.

Eine rundliche Frau mit einem bitteren Gesichtsausdruck kam sehr oft. Sie erzählte uns davon, wie der Vorsitzende Mao ihr Leben tausendfach verbessert hatte. Während sie sprach, blickte ich finster an mir hinab auf meine geflickte blaue Mao-Jacke und die gestopften Socken, die durch die Löcher in den Schuhsohlen hervorblitzten. Ich dachte, dass sie eine der wenigen Überlebenden des alten China sein musste. Hatte sie ihren Vater verloren? Kämpfte sie wie wir auf den Märkten um ihr Essen? Oder bekam sie es an der Hintertür der Läden, wie Genosse Sin?

Vater hatte mir immer gepredigt, dass Bildung das Wichtigste im Leben ist. War der Klassenkampf nicht einfach nur ein Vorwand, um gute Menschen zu quälen? Ich fühlte mich frustriert, weil ich niemanden hatte, dem ich diese Fragen stellen konnte.

Während der nächsten Tage war es weiterhin heiß. Zikaden zirpten ohne Unterlass. Der Hund des Gärtners Zong saß hechelnd unter dem großen Milchbaum und ließ seine Zunge weit aus der Schnauze hängen. Die Hitze verschlimmerte meine Angst vor Gaos Rache.

Eines Nachts weckte mich Mutter. Es war so schwül, dass meine Bambusmatte an meinem Hemd klebte.

„Müssen wir auf den Markt?“, murmelte ich schlaftrunken und rieb mir die Augen. Oder hatte Mutter mich geweckt, weil Gaos Vater gekommen war, um mich abzuholen?

„Nein.“ Mutter gab mir meine Kleider und sagte: „Beeil dich, dein Vater ist im Operationssaal.“

Ich riss meine Augen auf.

„Geht es ihm gut?“ Ich sprang aus dem Bett. Das war die erste Information über Vater, die wir hatten, seitdem er abgeholt worden war.

„Er operiert Genosse Sin.“

Schnell zog ich meinen Rock an. Mit den Zehen suchte ich unter dem Bett nach meinen Schuhen. „Wieso operiert er den Vater vom blöden Gao? Lassen sie ihn danach wieder nach Hause?"

„Ich weiß es nicht. Keine Fragen. Beeil dich!" Mutter eilte aus der Tür.

„Wie spät ist es?", fragte ich, ihr dicht auf den Fersen folgend.

Mutter hielt sich einen Finger vor die Lippen und blickte zu Genosse Lis Tür. Während wir die Treppenstufen hinunter hasteten, versuchte ich, mit meinen Plastiksandalen keine Geräusche zu machen. Dann wurde mir kurz schwindelig, und ich griff nach dem Handlauf, der noch ganz warm von der Hitze des Tages war.

Der Weg war noch brennend heiß vom Tag und drang durch meine Sandalen. Auf Zehenspitzen durchquerten wir den leeren Hof. Der Mond schien hell zwischen dicken weißen Wolken hindurch, die über den Himmel zogen. Mutter, die vorlief, sah in ihrer weißen Kappe und Uniform wie ein Geist aus alten chinesischen Erzählungen aus.

Als wir das Krankenhaustor erreichten, blieb Mutter stehen.

„Ich muss schnell wieder zurück, bevor sie merken, dass ich fehle", flüsterte sie.

„Du kannst nicht mitkommen?" Ich wusste doch, wie sehr sie Vater vermisste.

Sie schüttelte den Kopf. „Versteck dich in der Nähe des Eingangstors zur Chirurgie. Sieh zu, dass du einen guten Blick auf Vater werfen kannst, aber sprich ihn ja nicht an, sonst bekommen wir alle Probleme." Mutter bog links um die Ecke und raste zurück zur Notaufnahme.

Ich schlich weiter geradeaus, den langen Fußweg entlang, der zum zweistöckigen Gebäude der Chirurgie führte, das von einer hohen Backsteinmauer umgeben war. Die Luft brannte heiß in meinem Gesicht, es wehte nicht einmal die kleinste Brise.

Über dem Eingang schien eine helle Straßenlaterne. Als ich zum offenen Eisentor kam, schlugen Käfer gegen mein Gesicht. Ich schlich lautlos durch das Tor und versteckte mich im Schatten eines Magnolienbaumes. Seine großen weißen Blüten verströmten einen süßlichen Duft. Aufeinandergestapelte zerbrochene Steintische und -bänke säumten den kurzen Weg zur Chirurgie. Früher hatten sie zwischen den üppig wachsenden Büschen und blühenden Bäumen gestanden. Das Gebäude war fast ganz dunkel, nur das Wartezimmer am einen Ende des ersten Stockwerks und zwei Operationssäle im zweiten Stock waren beleuchtet. Hinter den Gardinen sah man schattenhafte Umrisse in Bewegung.

Mein Herz klopfte wie wild vor lauter Freude. Einer der Schatten musste Vater sein! Ob er mich erkennen würde?

Ich wollte näher zu dem Gebäude schleichen, als sich zwei Lichtkegel auf das Tor richteten. Ich konnte mich gerade noch hinter dem Baum in Sicherheit bringen.

Ein Polizeijeep mit einer roten Fahne, die hinten an einer Stange befestigt war, hielt vor dem Tor und hupte zweimal. War die Polizei wegen Vater hier? Meine Hände begannen zu schwitzen. Zwei Männer kamen aus der Chirurgie ins Freie. Ich hielt die Luft an und hoffte, einer von ihnen wäre Vater.

„Hallo, Genossen!"

Die hohe Stimme, die vom Jeep kam, war die von Genosse Li! Wenn Genosse Li hier war, hatte ich keine Chance, Vater zu sehen.

Die zwei Männer aus dem Gebäude traten ins Licht. Beide trugen weiße Hemden und weite blaue Hosen. Der eine war sehr hochgewachsen und klapperdürr wie ein Essstäbchen, der andere war klein und schob einen dicken Bauch vor sich her.

Genosse Li sprang aus dem Jeep und ging mit hinter dem Rücken verschränkten Armen auf die Männer zu. „Habt ihr was zu rauchen?" Sein weißes Hemd war nicht zugeknöpft.

Fettwanst ging auf ihn zu und zog eine Packung Zigaretten hervor. Er steckte eine an, nahm einen Zug und reichte sie dann an Genosse Li weiter. Die Zigarette verbreitete einen beißenden Geruch, und ich musste schlucken, um ein Hüsteln zu vermeiden.

„Was geht da drinnen vor sich?", fragte Genosse Li und zeigte mit der Zigarette auf das Gebäude.

„Chang ist fast fertig mit Genosse Sin", antwortete Essstäbchen. „Aber wir wollten, dass er noch ein bisschen länger bleibt und ein paar Rechte zusammenflickt. Sie sind von Linken überfallen und ziemlich schlimm aufgeschlitzt worden."

Genosse Li grunzte. Die Glut seiner Zigarette bewegte sich auf und nieder, als er in der Dunkelheit nickte.

Mein Atem ging immer schneller. Vater war also wirklich hier!

Mit durchdringender Stimme fragte Fettwanst: „Dann geht es Genosse Sin also wirklich schlecht?"

„Oh, ja", antwortete Genosse Li. „Er ist ja schon seit geraumer Zeit krank. Doch heute hatte er sich besser gefühlt und mich sogar auf ein Glas zu sich gebeten."

„Und was ist dann passiert?", fragte Essstäbchen.

„Nachdem wir ein Rippchen gegessen und Hirseschnaps getrunken hatten, fing er plötzlich an, Blut zu spucken. Ich habe ihn direkt hierhergefahren. Deshalb hatte ich euch befohlen, Chang aus dem Gefängnis hierherzubringen."

Schweiß tropfte mir von der Stirn. Ich hatte Angst, meine Hand zu heben, um ihn abzuwischen, und dadurch entdeckt zu werden. Ich versuchte einzuordnen, was sie gerade gesagt hatten. Wahrscheinlich war Gao also nicht zur Schule gekommen, weil sein Vater krank war. Und sie konnten Vater nur dann so schnell hierherbringen, wenn er im Stadtgefängnis auf der Straße der Großen Befreiung einsaß. Ich konnte es kaum abwarten, das alles Mutter zu erzählen.

Genosse Li gab einen lauten Seufzer von sich. „Ich hätte wirklich mehr von den Rippchen essen können …"

Rippchen! Trotz meiner Angst lief mir das Wasser im Munde zusammen. Wie ich Mutters süße Knoblauchrippchen vermisste!

„Und was ist mit den Barfußärzten? Hätten die sich nicht um ihn kümmern können?“, fragte Essstäbchen.

Vater hatte mir von den Barfußärzten erzählt. Es handelte sich bei ihnen um junge Bauern, die eine gerade mal achtwöchige medizinische Grundausbildung durchlaufen hatten. Der Vorsitzende Mao brauchte sie, um die Ärzte, die er umbringen lassen oder in Umerziehungslager gesteckt hatte, zu ersetzen. Die Barfußärzte waren für ihre Loyalität gegenüber der Revolution bekannt, aber eben auch für ihre Kunstfehler, und insbesondere dafür, chirurgische Gerätschaften im Bauch der Patienten oder wo auch immer zu vergessen.

Genosse Li zog an seiner Zigarette. „Dachte ich auch. Aber Genosse Sin hat darauf beharrt, dass Barfußärzte für einen Fall wie den seinen nicht ausgebildet wären. Er hat darauf bestanden, dass einzig und allein Chang ihn operiert. Er hat ständig wiederholt: Das ist der Grund, aus dem wir Chang hiergelassen haben, nämlich für den Fall, dass ein Parteifunktionär behandelt werden muss.“

„Wenn Chang fertig mit ihm ist, dann vergiss uns nicht, wenn du einen trinken gehst …“, sagte Fettwanst.

„Ja, ja!“, unterbrach ihn Genosse Li. „Ihr bleibt jetzt hier und bewacht das Gebäude. Ich brauche den Jeep noch ein Weilchen, denn ich muss noch etwas essen. Lasst Chang die Rechten zusammenflicken. Und wenn ich wieder da bin, bringt ihr ihn ins Gefängnis zurück.“ Genosse Li kletterte in den Jeep, ließ den Wagen an, wobei er knirschend den Gang wechselte, und fuhr mit quietschenden Reifen davon. Er hinterließ den Geruch verbrannten Gummis, als der Jeep die Straße entlang raste.

Sie würden Vater also wieder ins Gefängnis stecken, nachdem er das Leben von Gaos Vater gerettet hatte. Sollten sie sich nicht eher dankbar zeigen? Wieso ließen sich die Polizisten von Genosse Li so herumkommandieren? Vielleicht weil er ein Freund von Jiang Qing war? Würde sich Mao von Barfußärzten behandeln lassen? Aber vielleicht war er ja niemals krank.

Essstäbchen schlug nach den Insekten, die – vom Licht angezogen – um ihn herumschwirrten. „Blutsaugendes Ungeziefer! Schlimmer als die Bourgeoisie!"

Klatsch. Klatsch.

Fettwanst lachte. „Hier draußen ist es immer noch besser als drinnen. Da ist es ja wie in einem Ofen." Er holte seine Packung Zigaretten hervor und ging durch das Tor nach draußen. Essstäbchen folgt ihm. Schon bald schwebten kleine Rauchwölkchen über ihren Köpfen.

Ich entschloss mich, auf die andere Seite des Gebäudes zu schleichen und zu versuchen, in den zweiten Stock zu gelangen. Ich drückte mich in den Schatten und schlich eng an dem Gebäude entlang.

Über mir stand eines der Fenster ohne Gardinen in einem der Räume, in dem Licht war, offen. Ich konnte niemanden darin entdecken, nur hohe Regale. Es handelte sich um den Raum, in dem die Schwestern und Ärzte sich umzogen und ihre Hände vor dem Operieren wuschen. Ich hatte mich früher oft hinter den Regalen versteckt und Vater überrascht, wenn er aus dem OP kam. Ich beschloss jetzt, in den Raum zu klettern und dort auf Vater zu warten.

Ich kroch bis zum hinteren Ende des Gebäudes, wo sich eine enge eiserne Treppe befand, die direkt in den zweiten Stock führte. Die Ärzte und Schwestern hatten diese Treppe genutzt, um ihre Pausen im Garten zu verbringen.

Die Treppe war jetzt von Müll übersät, und es stank nach verfaulendem Gemüse und Reis. Im Mondlicht sahen die Zeitungsfetzen, leeren Dosen und halb zerrissenen Müllbeutel aus, als wären sie mit Raureif überzogen.

Ich hielt mir die Hand vor Mund und Nase und atmete durch die Finger. Schweiß ließ meine Kleidung am Körper kleben. Meine Füße rutschten in den feuchten Plastiksandalen hin und her. Ich zog die Sandalen aus und steckte sie hinten auf meinem Rücken unter den Gummizug meines Rocks, bevor ich die Treppenstufen erklomm.

Als ich den Handlauf berührte, klebte etwas an meinen Fingern fest. Es fühlte sich wie eine Bananenschale an. Ich befand mich gerade zwischen dem ersten und dem zweiten Stock, als etwas Kaltes auf meinen Kopf platschte. Ich konnte nichts mehr sehen und erschrak so sehr, dass ich einen kleinen Schrei von mir gab.

„Wer ist da?“, ertönte laut die Stimme eines Mannes über mir. „Schnell! Die Linken! Die Linken sind hier!“

Ich wischte mir mit dem Handrücken über die Augen, aufgeweichte Teeblätter klebten wie Blutegel an meiner Hand. Ich stolperte die Treppe hinunter und rannte zu den Büschen nahe der Krankenhausmauer. Doch zwei Hände packten mich von hinten und rissen mich zu Boden. Dann stellte mich Essstäbchen wieder auf die Beine und hielt mich an den Armen fest.

„Wer bist du? Was machst du hier?“

Seine krächzende Stimme hallte mir in den Ohren. Ich versuchte, mich aus seinem eisernen Griff zu lösen, als er mir mit fettiger Hand eine Ohrfeige verpasste.

Meine Ohren klingelten und ich hatte einen Knoten im Hals. Innerlich weinte ich: *Papa, bitte komm jetzt.*

„Die kann nicht zu den Linken gehören“, lachte Fettwanst, „die ist doch viel zu jung.“

Essstäbchen drehte mir den Arm auf den Rücken. „Los, rein mit dir“, befahl er und schob mich in das Gebäude.

Ohne all die Patienten, die sonst im Flur warteten, wirkte die Chirurgie viel größer. Ich hörte jemanden stöhnen, als Essstäbchen mich in den Warteraum schob.

Hell leuchtende Glühbirnen hingen an nackten Drähten von der Decke. Auf zwei langen Bänken in der Mitte des Raums saßen eng nebeneinander verwundete Rotgardisten. Sie waren am ganzen Körper mit Verletzungen übersät und bluteten stark. Der Gestank von Schweiß und ein Geruch nach Metall füllte den dämpfigen Raum. Die Wände begannen vor meinen Augen zu verschwimmen. Ich lehnte mich gegen die schmutzige Holztür.

Zwei Ärzte in weißen Uniformen kauerten vor einem Rotgardisten, der auf einer Bank lag, und betrachteten intensiv ein Messer, das in seinem Bein steckte. Mit seinem linken Unterarm verdeckte er seine Augen. Ein beiger Eimer, in dem sich eine Rolle Verbandsmaterial sowie einige Wattebäusche befanden, stand neben ihnen auf dem Boden.

„Bist du dir wirklich sicher?“, fragte ein Arzt mit rundem Gesicht und einem abgebrochenen Vorderzahn. „Wenn du es herausziehst, verblutet er vielleicht.“

„Tja, was schlägst du denn vor?“, fragte der andere. „Er kann ja nicht sein Leben lang mit einem Messer im Bein herumlaufen.“

Ihr ländlicher Dialekt sagte mir, dass es sich um Barfußärzte handeln musste.

Der Rotgardist bewegte sich und sagte: „Fasst mich nicht an. Lasst Chang das machen.“ Die Ärzte sahen sich kurz an und erhoben sich dann.

Diese Stimme! Ich hatte sie schon lange nicht mehr gehört, aber ich war mir sicher, dass es Niu war. Trotz der Hitze lief es mir kalt über den Rücken. Würde er verbluten? Ich biss mir auf die Lippe und starrte auf sein Bein. Blut lief auf seinen Schuh und färbte ihn dunkelrot.

Essstäbchen wandte sich an die Menschen im Warteraum. „Kennt jemand dieses Mädchen?“ Er ließ meinen Arm los.

Die Ärzte hörten auf, sich zu streiten. Niu hob seinen Kopf, unsere Blicke trafen sich. Ich hielt die Luft an.

„Kennt jemand dieses Mädchen?“, wiederholte Essstäbchen. Wenn er ihnen sagte, wer ich war, bekäme mein Vater Probleme.

Niu schloss die Augen.

In dem Moment spürte ich, dass ich ihn nicht mehr mit aller Kraft hassen konnte.

„Vergeude deine Zeit nicht mit ihr. Schließ sie ein“, sagte Fettwanst. „Soll sich doch Genosse Li morgen Früh um sie kümmern.“

„Gut, dann komm mit mir!“ Essstäbchen zog mich am Ohr zum gegenüberliegenden Ende der Station. Erst dann ließ er mein brennendes Ohr los, öffnete die letzte Tür und schob mich hindurch. Ich stolperte und landete auf etwas Weichem. Mondlicht fiel durch ein hohes schmutziges Fenster in den Raum. Ich war auf einer dreckigen Matratze gelandet. Von dem Geruch nach Schimmel und Fäulnis drehte sich mir der Magen um. Essstäbchen spuckte auf die Matratze, machte die Tür zu und verschloss sie von außen.

Stapel von verdreckten Matratzen umgaben mich. Mücken und andere Insekten summten um mich herum und stachen mich in die Nase, Arme und Beine. Ich stellte mich auf und versuchte, sie abzuwehren. Aber schon bald war ich einfach zu müde dafür. Als ich auf einen Matratzenstapel vor dem Fenster kletterte, merkte ich, dass das Glas zerbrochen war. Doch davor waren lange Eisengitterstäbe, die mich in das Zimmer einschlossen. Durch die Gitterstäbe konnte ich den Gehweg sehen, der zum Haupttor führte. Alles war ruhig, nur ein paar entfernte Stimmen sowie Schritte aus anderen Teilen des Gebäudes waren zu hören.

Wenn ich jetzt wach blieb, würde ich zusehen können, wenn Vater das Gebäude verließ. Ich hoffte, dass er vorher das Messer aus Nius Bein entfernen konnte. Die Schmerzen in Nius Gesicht und das Bild seines blutenden Beins gingen mir durch den Kopf, und ich hatte Mitleid mit ihm. Ob er inzwischen wohl bereute, was er uns angetan hatte?

Im Hof zirpten einige Grillen, machten eine Pause von drei Herzschlägen und legten wieder los. Es war einschläfernd. Ich sehnte mich so sehr danach, dass Vater endlich aus dem Gebäude gelaufen kam. Aber bei all den verwundeten Rotgardisten dauerte es vermutlich noch Stunden. Ich ließ mich auf einer der Matratzen nieder und kämpfte damit, meine Augen aufzuhalten.

***

Ich wachte auf, als sich die Tür öffnete. Es war Gärtner Zong, der eine dreckige Matratze in den Raum zog. Sein weißes Hemd war ganz schmutzig und seine schwarzen kurzen Hosen wurden von einer Leine aus Verbandsmaterial gehalten, die er als Gürtel direkt über die Hüften geschlungen hatte. Seine flache Nase und die runden Wangen waren schweißbedeckt. Als er mich entdeckte, schnellte eine seiner Augenbrauen in die Höhe.

„Was machst du denn hier, Ling? Deine Mutter ängstigt sich zu Tode, weil du nicht nach Hause gekommen bist."

Ich war so froh, sein freundliches Gesicht zu sehen. Ich wusste, dass ich ihm trauen konnte. Von draußen war Straßenlärm zu hören. Meine Augen schmerzten vom gleißenden Sonnenlicht, das durch das Fenster kam. Ich war durstig und mir war heiß; ich hatte Mühe mich aufzusetzen und meine Haare klebten an der Matratze. „Ist mein Vater noch immer oben?“, fragte ich.

„Aber nein. Sie haben ihn schon vor Stunden zurück ins Gefängnis gebracht.“ Gärtner Zong legte seine Matratze auf einen der Stapel und zeigte zur Tür. „Geh nach Hause, Ling.“

Wie hatte ich nur einschlafen können? Wenn ich am Fenster sitzen geblieben wäre, hätte ich Vater bestimmt nicht verpasst. Aber wenigstens hatte ich eine gute Nachricht, denn ich konnte Mutter erzählen, dass sie Vater in unserer Nähe gefangen hielten.

Jetzt war der Flur voll mit stöhnenden Patienten, die sich in Warteschlangen eingereiht hatten. Ich lief an einer Krankenschwester vorbei, die einen quietschenden Rollstuhl schob. Darin saß ein alter Mann, der sich den Bauch hielt und stöhnte. Sie manövrierte den Rollstuhl durch den auf dem Fußboden verstreuten Müll hindurch: leere Sodaflaschen, zerdrückte Zigarettenpackungen, Obstschalen.

Ich atmete so flach wie möglich, bis ich aus dem Gebäude wieder nach draußen auf die Straße gelangt war. Ein mit Wassermelonen beladener Lastwagen fuhr an mir vorbei und wirbelte den Straßenstaub auf. Ich fühlte mich schwindelig in der heißen Sonne, und mein Körper juckte, als würden Tausende von Ameisen darüber krabbeln, aber am schlimmsten juckte meine Kopfhaut. Ich rannte jetzt so schnell ich konnte, um nach Hause zu kommen, musste aber immer wieder anhalten, um meine Beine zu kratzen. Sie waren von roten Flecken übersät.

Mutter und ich trafen im Treppenflur aufeinander.

„Liebes, was ist passiert?“, rief Mutter und warf ihre Arme um mich. Der Rücken ihres blauen Hemdes war ganz feucht vom Schweiß. Ich wollte diese richtige Umarmung von ihr so lange auskosten wie möglich, aber es juckte mich überall. Ich befreite meine Hände aus der Umarmung, um mich zu kratzen.

„Ich habe Vater nicht gesehen, aber ich weiß, wo …“

„Oje, Liebes, was hast du denn in deinen Haaren?“ Mutter trat einen Schritt von mir weg. „Läuse! Ling, du hast Läuse.“ Sie zog mich zum Fenster ins Sonnenlicht. „Ja, das sind Läuse.“

Der heulende Wolf

勇气

Mutter hob einen Stapel alter Zeitungen, der neben dem Ofen lag, auf. Vorsichtig prüfte sie jede einzelne Seite, bevor sie die Zeitungen unter und neben einem Stuhl auf dem Fußboden ausbreitete. Zwei Zeitungsseiten, auf denen Maos Porträt abgedruckt war, legte sie auf dem Tisch beiseite. Vor einigen Monaten war eine Krankenschwester als Anti-Maoistin ins Gefängnis gesteckt worden, weil sie ihren Ofen mit einer Zeitungsseite, auf dem ein Bild Maos abgedruckt war, angezündet hatte.

Mir fiel ein Reisbeutel auf, der neben einigen Flaschen Kräutermedizin sowie gefalteter Kleidung lag.

„Wieso packst du denn, Mama?“, fragte ich.

„Wenn sie uns abholen kommen, will ich gewappnet sein.“ Sie zog mich zu dem Stuhl, ich setzte mich, und sie begann, einen Kamm mit sehr harten Zinken durch mein Haar zu ziehen.

Bei jedem Strich zog sie an meinem Haar und meine Kopfhaut mit den Läusebissen schmerzte. Ich biss die Zähne aufeinander, denn ich wollte nicht weinen. Würden sie uns in ein Umerziehungslager bringen? Bevor ich wusste, dass sie Vater in einem Gefängnis in der Nähe festhielten, hatte ich mir gewünscht, wir würden in das Lager gebracht werden, wo auch Vater war. Aber jetzt wollte ich nicht mehr weggebracht werden. Ich wollte jetzt immer hier bleiben, für den Fall, dass sie ihn wieder einmal ins Krankenhaus bringen würden.

Etwas Kaltes tröpfelte auf meine Haare. Und schon nach einer Sekunde fing meine Kopfhaut an zu brennen. „Ich hoffe, das wird die Läuse abtöten", flüsterte Mutter. Ihr Kamm aus Ochsenknochen kratzte an meiner offenen Kopfhaut. Ich konnte den Schmerz und das Jucken einfach nicht mehr aushalten und schrie: „Du tust mir weh!"

Mutter hörte sofort auf zu kämmen.

Ich machte meinen Rücken steif und wartete auf Mutters Zurechtweisung, weil ich geschrien und mich ihr gegenüber respektlos verhalten hatte.

Doch sie flüsterte nur: „Ling, dein Haar ist zu dick. Das Kohlenöl kann all die Läuse so nicht abtöten." Sie legte den Kamm beiseite und verließ die Küche.

Hatte sie mich nicht schreien gehört? Was hatte sie jetzt vor?

Mutter kam mit einer Schere und Vaters Rasierer zurück. „Wir müssen dir den Kopf rasieren."

Ich sprang vom Stuhl auf. „Nein! Es muss eine andere Lösung geben."

Sie machte einen Schritt zurück. „Ich weiß nicht, was ich sonst tun soll, Ling. Ich habe die ganze Ölration für diesen Monat aufgebraucht, ich habe sogar das Öl aus der Lampe genommen. Wenn ich deine Haare nicht abschneide, werden die Läuse sich in der ganzen Wohnung ausbreiten." Sie zeigte mir die leere Öllampe. Wir bekamen fünfhundert Milliliter Öl pro Monat zugewiesen. Ohne das Öl mussten wir den Rest des Monats im Dunkeln verbringen. Ich hasste mich dafür, dass ich mich hatte schnappen lassen und auf den dreckigen Matratzen eingeschlafen war.

Als ich ihre traurigen Augen sah, wusste ich, dass sie meine Haare nicht abschneiden würde, wenn sie irgendeinen anderen Ausweg gesehen hätte. Solange ich mich erinnern konnte, hatte Mutter mir erzählt, dass Damen ihr Haar lang wachsen lassen sollten.

„Tu, was du tun musst!" Ich zitterte und versuchte, meine Verzweiflung für mich zu behalten. Ich schmiss mich wieder auf den Stuhl. Mir war es egal, ob ich eine Dame war. Ich wollte ein böser Drache sein. Aber mehr als alles andere wollte ich die Schmerzen und das Jucken loswerden. Ich dachte an Jiang Qings hässliches kurzes Haar.

Ich presste meine Nägel in meine Oberschenkel und fixierte Maos lächelndes Bild: *Und, freust du dich, dass ich leide?*

Mutter nahm eine Strähne meines Haars. Ich wartete auf das grässliche Geräusch des Schneidens. Aber nichts passierte. Die Tränen in ihren Augen sprachen die Worte, die sie selbst nicht aussprechen konnte.

Ich konnte es nicht ertragen, sie weinen zu sehen. Was getan werden musste, musste getan werden. Ich nahm ihr die Schere aus der Hand und schnitt eine dicke Strähne an der Seite bis fast auf die Kopfhaut ab. Das lange Haar fiel erst auf mein Knie und von da auf die Zeitungsseiten auf dem Fußboden. Ich warf einen Blick auf den Reisbeutel und sagte mir, dass es im Arbeitslager sowieso egal war, ob ich Haare hatte oder nicht.

Mutter fuhr sich mit dem Arm grob über das Gesicht und schmierte dabei einen dunklen Streifen Kohlenöl quer über ihre Wange. Dann nahm sie sich die Schere wieder und schnitt den Rest meines Haars ab. Strähne für Strähne häufte sich auf dem Zeitungspapier. Ich dachte an Frau Wongs Haar, wie es auf die Blätter gefallen war.

Als kein Haar mehr zum Schneiden da war, griff Mutter sich Vaters Rasierer und schor mir den Kopf. Ich fühlte ihre Tränen auf meine Kopfhaut tropfen. Ich versuchte, nicht zu weinen, aber auch meine Augen waren mit Tränen gefüllt, wie ein Damm, der gleich bersten würde.

Nachdem meine Mutter mir den Kopf geschoren hatte, leerte sie alle drei Heißwasser-Behälter in den hölzernen Badebottich. Anders als sonst legte sie ein ganz neues Seifenstück auf das alte Seifenrestchen in der angeschlagenen Seifenschale. Tat ich ihr so leid? Ich verbrauchte fast die Hälfte des Seifenstücks, weil ich das Privileg, so viel heißes Wasser und frische Seife zu haben, ausnutzte und mich mehrfach gründlich abseifte. Ich blieb so lange in dem Bottich, bis das Wasser ganz kalt und trübe war.

Als ich aus dem Wasser stieg, schwammen etwa zwanzig Läuse auf der Wasseroberfläche. Einige von ihnen schienen auf mich zuzutreiben. Angewidert drehte ich mich weg.

Als ich in den kleinen Spiegel an der Wand blickte, erinnerte ich mich an eine geflickte Puppe, die ich einmal gesehen hatte. Ich starrte einer Fremden ins Gesicht, die rot unterlaufene Augen hatte und einen gänseeiförmigen Schädel, der übersät war mit Kratzern und kleinen roten Beulen. Eigentlich hatte ich Jiang Qing immer hässlich gefunden, aber zumindest hatte sie Haare. Ich war davon überzeugt, dass jeder, der mich erblickte, mich entweder für einen Jungen oder für eine Geisteskranke halten würde.

Ich musste an die verrückte Frau denken, die ständig vor unserer Schule herumlungerte und jedem, der es wissen oder nicht wissen wollte, erzählte, dass Rotgardisten ihren Sohn mitgenommen hatten, damit er den Vorsitzenden Mao treffen konnte. Gao und seine Bande liefen oft hinter ihr her und warfen mit Steinen nach ihr. Und sie schrien ihr nach, dass ihr Sohn tot ist. Aber wenn sie dann ihre kleinen Finger in die Mundwinkel schob, die Lippen auseinanderriss und wie ein Wolf heulte, dann rasten sie alle wie ängstliche Hunde davon.

Auch ich zog jetzt mit zwei Fingern meine Mundwinkel auseinander und heulte den Spiegel an. Mein Geheul war zwar nicht so angsteinflößend wie ihres, aber mit ein wenig Übung würde ich das bestimmt schon bald hinbekommen.

Mutter kam in die Küche gerannt. „Ist alles in Ordnung? Was war das für ein Geräusch?"

Ich antwortete ihr mit einem Wolfslächeln.

Den Vormittagsunterricht hatte ich bereits verpasst. Aber so sehr ich die Schule auch verabscheute, so sehr war mir bewusst, dass ich die Politische Schulung am Nachmittag nicht auch noch verpassen durfte. Meine Feinde würden gewiss staunen, wenn sie meinen geschorenen Kopf sahen, nachdem ich mich so dagegen gewehrt hatte, dass sie mir die Zöpfe abschnitten. Mein Körper verkrampfte sich, als ich ihre lachenden Gesichter vor meinem inneren Auge sah.

Ich griff mir meine Schultasche, und Mutter gab mir noch ein kaltes Dampfbrötchen mit. „Bitte, sieh zu, dass du nicht noch mehr Schwierigkeiten bekommst."

Ich wollte sie nicht verärgern, aber versprechen konnte ich ihr auch nichts. Also wich ich ihrem Blick aus, als ich an ihr vorbei zur Wohnungstür lief.

Die heiße Septembersonne versengte meinen geschorenen Kopf, als ich die kleine enge Gasse zur Schule entlanglief. Mein ganzer Kopf juckte und fühlte sich an, als wäre er mit klebrigem Reisleim beschmiert. Ich hatte Schmerzen in der Brust und meine Ohren dröhnten.

Ich biss in das Dampfbrötchen. Es schmeckte wie Gips.

Mir wurde schlecht. Ich lief an den Rand der Gasse und würgte – wieder und wieder, doch es kam nichts raus.

An der nächsten Ecke blieben zwei Frauen stehen und beobachteten mich. Taten sie das wegen meines geschorenen Kopfes oder wegen der entsetzlichen Würggeräusche, die ich von mir gab? Ich zwang mich, wieder weiterzugehen.

Der Lärm aus den Klassenzimmern war bis in den Schulhof zu hören. Gao und seine Bande standen eng an eng am Fenster unseres Klassenzimmers. Kurz überlegte ich, schnell kehrtzumachen und wegzulaufen. Aber dann dachte ich, *ich kann mich ja nicht für immer verstecken. Ich muss ihnen zeigen, dass ich keine Angst habe.* Ich zog den Gürtel aus meiner Schultasche und band ihn mir unter meinem weiten blauen Hemd um die Taille, dann schloss ich die schwere Gürtelschnalle über meinem Bauch. Der Gürtel verlieh mir Selbstvertrauen und Kraft. Jetzt war ich gerüstet für die Politische Schulung.

Als ich das Klassenzimmer betrat, hatte die Schulglocke gerade aufgehört zu läuten. Gao stand vor der Klasse, hinter dem Lehrerpult. Unsere hasserfüllten Blicke verfingen sich ineinander. Es war das erste Mal seit unserem Kampf, dass ich ihn wiedersah. Seine viel zu große Mao-Mütze ließ sein rundes Gesicht klein aussehen. Der Rest der Klasse blieb an seinen Pulten sitzen, Augen fixierten mich aus allen Richtungen. Ich überlegte mir eine Strategie, während ich auf meinen Platz in der Nähe des hinteren Fensters zuging. Wenn sie mich wieder angriffen, könnte ich durch die Hintertür fliehen oder aus dem Fenster springen. Aber ich würde es ihnen nicht leicht machen, mich zu verjagen.

Mit hocherhobenem Kopf blickte ich um mich. Wann immer mein Blick den eines Mitschülers traf, blickte dieser weg.

Vielleicht erkannten sie mich mit meinem geschorenen Kopf nicht, oder sie dachten, ich wäre verrückt geworden.

Ich schenkte Gao mein Wolfslächeln. Er beachtete mich nicht, sondern blätterte weiter in seinem roten Buch.

Ich lehnte mich auf dem Stuhl zurück, holte mein rotes Buch hervor und wartete darauf, aufgerufen zu werden. Ab und an war die heisere Stimme des Mathematiklehrers aus dem Geschoss über uns zu hören. Das hieß, dass er an der Reihe war, die Politische Schulung für die anderen Lehrer zu leiten.

Draußen bewegte eine leichte Brise die Blätter der Bäume. Die Zikaden waren still, sie machten eine Pause. Eine schwarze Katze ließ sich kurz auf dem Fensterbrett nieder und sprang dann wieder davon.

Wie immer rief Gao einen nach dem anderen auf. Die langen und schwer zu lesenden Passagen hob er wie immer für mich auf. Selbst wenn ich sie fehlerfrei aufsagte, dachte er sich irgendwelche Gründe aus, um meinen Vortrag zu kritisieren.

Am Tag vor unserem Kampf hatte er mir aufgetragen, das Kapitel „Klassen und Klassenkampf“ des Vorsitzenden Mao vorzulesen. Doch während ich las, hatte er mich grob unterbrochen.

„Halt, du bourgeoises Ungeziefer!“ Er wedelte mit der Hand. „Deine Stimme zeigt keine Liebe für den verehrten Vorsitzenden Mao.“

Ich hatte eine ärgerliche Entgegnung hinuntergeschluckt, denn mir waren Mutters Worte wieder in den Sinn gekommen. *Ling, wir können uns weitere Schwierigkeiten nicht leisten.*

Jetzt war Gao an der Reihe, er las das Kapitel „Die Jugend“. Ich versuchte, nicht zu lachen, während seine Stimme in einen langsamen Singsang verfiel und immer höher wurde wie bei einer jaulenden Katze.

Als Nächstes bestimmte Gao, dass Yu die Passage „Tötet das bourgeoise Ungeziefer. Rettet den Patienten“ lesen sollte. Es handelte sich um Gaos Lieblingspassage, aber er las sie niemals selbst. Vielleicht waren zu viele Wörter in dem Text, die er nicht richtig aussprechen konnte. Ich fragte mich, ob Mao wohl wusste, dass er nicht alles Ungeziefer töten sollte. Vater hatte mir mal erklärt, dass manches Ungeziefer auch gut für die Menschen ist.

Ich hörte der Schulung nur mit halbem Ohr zu. Ein paar gelbe Schmetterlinge tanzten vor dem hinteren Fenster in meiner Nähe. Aus der Ferne war das leise Geräusch von Hubschrauberrotoren zu vernehmen. Ich stellte Maos Buch auf dem Pult auf, faltete meine Arme übereinander und legte meinen Kopf darauf. Ich hoffte, dass es vom Lehrerpult so aussah, als ob ich mitlesen würde. Doch inzwischen wusste ich schon nicht mehr, auf welcher Seite Yu war. Die erste frische Brise seit Wochen wehte durch das Fenster ins Klassenzimmer und kühlte meinen juckenden Kopf. Es duftete nach Chrysanthemen. Meine Gedanken flogen Tausende von Meilen davon: Vater hatte mir erzählt, dass die Luft bei der Golden Gate Bridge immer kühl und angenehm frisch war. Die Augen fielen mir zu.

Vater und ich gingen über die Golden Gate Bridge, ich zählte die Schiffe, die unter der Brücke entlangschipperten. Der Nebel lichtete sich am anderen Ende der Brücke. Ein kleines Mädchen in einem roten Kleid kam auf mich zu. Hinter ihr waren bunte Häuser mit grünem Rasen davor zu sehen. Das musste das Paradies sein. Ich drehte mich zu Vater, um ihm das zu sagen, aber er war nicht mehr da. Jemand rief meinen Namen.

„Ling, Ling …"

Ich schreckte auf.

„Ling!" Gao brüllte. „Du bist dran, Glatzkopf!"

Die Klasse brach in Gelächter aus.

Ich hatte nicht die geringste Ahnung, was ich lesen sollte.

Um mich herum wurde mir zugeflüstert, „Die Jugend", „Die Jugend".

Ich dachte, Gao hätte das gerade gelesen. Wieso sollte mir jemand helfen? War das eine Falle? Da ich aber keine andere Wahl hatte, blinzelte ich überrascht und blätterte rasch zu der Seite.

Ich las so schnell ich konnte, in der festen Überzeugung, dass Gao mich gleich unterbrechen würde, weil ich mich nicht wie eine jaulende Katze anhörte.

Die Welt ist euer, wie sie auch unser ist,
doch letzten Endes ist sie eure Welt.

Unter dem Pult ballte ich die Faust und rieb meinen schmerzenden Bauch.

Ihr jungen Menschen, frisch und aufstrebend,
seid das erblühende Leben, gleichsam die Sonne
um acht oder neun Uhr morgens.
Unsere Hoffnungen ruhen auf euch.

Gaos Hand krachte auf das Lehrerpult und er schrie los: „Halt! Tochter eines Spions, du wagst es, während der Politischen Schulung zu schlafen?“ Der Schirm seiner Mütze rutschte auf die Seite und verdeckte sein linkes Ohr.

Es war eine Falle gewesen! Ich las die falsche Passage.

Während Gao auf mich zu stolzierte, spannte ich meine Muskeln an, bereit von meinem Pult aufzuspringen. Unter dem Pult löste ich die Gürtelschnalle.

Ding! *Dong*!, läutete die Schulglocke. Die Lautsprecheranlage erwachte zum Leben. Alle blickten verwirrt um sich: Sie war noch nie während der Politischen Schulung genutzt worden.

„Achtung, Genossen!“ Die Stimme der Sprecherin verebbte, stattdessen war Schluchzen zu vernehmen. „Mit großer Trauer muss ich euch mitteilen, dass unser geliebter Führer, der Große Vorsitzende Mao Zedong, in der letzten Nacht, dem 9. September 1976, im Alter von 82 Jahren verstorben ist.“ Sie fing wieder an zu weinen. Die Lautsprecher wurden ausgestellt. Die Nachricht ließ mich fast platzen. Ich versuchte, ruhig zu bleiben, aber mein Herz fühlte sich an wie ein Vogel, der gleich aus seinem Käfig befreit wird. Ich hatte ja eigentlich gewusst, dass Mao schon alt war, aber weil tagtäglich Millionen von Menschen den Ruf „Lang lebe der Große Vorsitzende Mao“ von sich gaben, hatte ich irgendwie gedacht, er würde niemals sterben. Mein Herz tat einen wilden Sprung. Vater!

Meine Klassenkameraden erhoben sich langsam von ihren Stühlen, sie murmelten und weinten. Gao stand wie erstarrt vor meinem Pult, nach vorne gebeugt, so als hätte ihm jemand einen Schlag in die Magengrube versetzt.

Schon bald waren wir die beiden Einzigen, die sich noch im Klassenzimmer aufhielten. In der einen Hand hielt ich noch immer den Gürtel fest und mit der anderen stopfte ich Maos rotes Buch in meine Schultasche.

Gao hielt mir seine geballte vors Gesicht und drohte schreiend: „Ich werde ich dich töten, bald schon, du bourgeoises Ungeziefer.“

Die Kopfhaut meines nackten Schädels zog sich zusammen und Wut brannte in mir auf. Ich erhob mich, zog den Gürtel unter meinem Hemd hervor und peitschte die Gürtelschnalle mit aller Kraft auf das zwischen uns stehende Pult. Kleine Holzsplitter flogen auf. Ich wollte ihm zeigen, dass ich kein Ungeziefer war, sondern ein furchtloser Drache.

Gao machte einen Satz nach hinten.

„Bleib mir vom Leibe, sonst befördere ich dich ins Krankenhaus, da kannst du dann neben deinem Vater liegen.“ Was ich eigentlich wollte, war, ihn in einen Sarg neben Mao zu befördern. Mit durchgedrücktem Rücken marschierte ich an ihm vorbei, während er mit offenem Mund, der seine verfaulten Zähne zeigte, bewegungslos wie ein abgestorbener Baumstumpf dort verharrte.

Fetter Speck

勇气

Sechs lange Wochen spielten alle Lautsprecher in der ganzen Stadt nichts als dröhnende Trauermusik.

Mutters und mein Leben hatte sich nicht, wie ich gehofft hatte, verändert. Wir waren ohne Nachricht von Vater oder von den Wongs und noch immer hatte ich keine Schweinerippchen zu sehen bekommen.

Eines Nachmittags, als ich zum Essen nach Hause kam, duftete es aus unserem Fenster nach frisch ausgelassenem fetten Speck. Mir lief das Wasser im Munde zusammen. Ich rannte die Treppen hinauf, zwei Stufen auf einmal nehmend.

Vor unserer Tür stand jemand mit einer Krücke unter dem linken Arm. Er drehte sich nach mir um. Es war Niu. Die zwei unteren Knöpfe seiner blauen Mao-Jacke fehlten. Seit der Nacht, in der er Vater verhaftet hatte, war ich ihm nicht mehr so nahegekommen. Er war gewachsen und seine Haut war dunkler geworden. Außerdem hatte er sich einen dünnen struppigen Schnurrbart stehen lassen. Die Worte blieben mir in der Kehle stecken.

„Hier!“ Er hielt mir ein vergilbtes weißes Hemd entgegen. „Es muss repariert werden.“

Es schien eines von Vaters Hemden zu sein. „Woher hast du das?“, fragte ich und riss ihm das Hemd aus der Hand.

Ohne zu antworten, drehte er sich um und humpelte an mir vorbei. Ich sah ihm hinterher, bis sein Rücken auf der Treppe nach unten verschwunden war. Ich presste das Hemd an meine Nase. Es roch tatsächlich nach Vater und nach Krankenhaus.

„Wer ist da?“, fragte Mutter und trat ins Treppenhaus.

Ich gab ihr das Hemd und flüsterte: „Das hat mir Niu eben gegeben.“ Ihre Augen weiteten sich, und ihr Mund öffnete sich ein wenig.

Sie blickte kurz hinüber zu Genosse Lis Tür. Sie war geschlossen. Seit Maos Tod hatten wir ihn nicht mehr oft zu Gesicht bekommen. Und wenn er überhaupt nach Hause kam, sang er brüllend wie ein betrunkener Matrose Lieder und erfüllte das ganze Treppenhaus mit einem stechenden Geruch nach Reiswein.

Mutter schob mich in die Wohnung und machte die Tür hinter uns zu. Ich folgte ihr in die Küche.

Wir setzten uns auf zwei niedrige Hocker neben dem Herd und untersuchten das vergilbte Hemd. Auf beiden Ellbogen befanden sich ordentlich angenähte Flicken.

„Sieh mal, Mutter“, sagte ich und zeigte auf einen Flicken unter der Achsel. Er war viel unordentlicher und mit größeren Stichen angenäht.

„Dein Vater kann Menschen besser zusammenflicken als Hemden“, sagte Mutter und versuchte den Flicken abzureißen, doch der Faden war zu stark. „Er hat chirurgischen

Faden benutzt. Ich denke mal, das möchte er repariert haben.“ Sie biss den Faden mit den Zähnen durch. Drei Lagen Läppchen, wie sie im Krankenhaus benutzt wurden, kamen darunter zum Vorschein.

Mein Herz raste vor Aufregung. Auf dem untersten Stück, in perfekt waagerechten Reihen waren mit blauer Tinte Schriftzeichen so klein wie Ameisen geschrieben. Ich griff nach dem Läppchen und las schnell:

> *Ich bin gesund, habe genug zu essen. Sie lassen mich Gefangene und Wächter behandeln. Verkauft meine Uhr, um Essen zu bekommen.*
>
> *Ich liebe und vermisse Euch beide!*

Die letzten Worte waren verwischt. Von Vaters Tränen? Der Hals wurde mir eng. Hatte Vater Niu das Hemd gegeben, als er ihn im Krankenhaus behandelt hatte? Und wenn ja, wie kam Vater darauf, Niu zu vertrauen? Mutters Gesicht war tränenüberströmt. Obgleich es der einzige Gegenstand von Wert war, den wir noch hatten, stand es für Mutter außer Frage, die Uhr zu verkaufen. Viele Male hatte ich beobachtet, wie sie die Uhr in die Hand nahm, um sie dann doch wieder im Reiskrug, ihrem Versteck, zu versenken.

Ich umarmte Mutter, und sie strich mir immer wieder über den Kopf, als wollte sie die Erinnerungen zurück in meinen Kopf streichen. Ich hielt ganz still. Dank ihrer Kräutermedizin waren die Kratzer und Beulen auf meinem Kopf schon lange verheilt, und mein Haar war inzwischen fast drei Zentimeter gewachsen. Dann ließ sie ihre Hand sinken und stand auf.

„Komm, hilf mir." Sie ging zu der Ecke am Fenster und holte einige Kohlen in der Form von Ping-Pong-Bällen, die sie in den langsam brennenden Herd fallen ließ. Erst jetzt entdeckte ich die kleinen weißen halbausgelassenen Speckwürfel in dem Wok, der beim Herd stand. Vier Flaschen für Kräutermedizin standen daneben bereit.

„Was machst du da?", fragte ich.

„Gärtner Zong hat mir heute Morgen erzählt, dass dein Vater Genosse Sin noch einmal operieren muss." Mutter setzte sich auf einen der niedrigen Hocker neben dem Herd. „Er hat angeboten, etwas für Vater mitzunehmen."

Ich hockte mich neben sie. „Hat Gärtner Zong dir gesagt, wann?" Ich brauchte einen Plan. Dieses Mal würden sie mich nicht erwischen.

Mutter kniff ihre Augen zusammen und betrachtete mich misstrauisch. „Nein, Ling, das hat er nicht. Und du unternimmst nicht wieder etwas, was uns erneut in Schwierigkeiten bringen könnte, verstanden?" Mit einem Metallspatel presste sie die Speckwürfel gegen den heißen Wok, und das Fett triefte nur so heraus.

„Warum muss Genosse Sin noch einmal operiert werden? Hat er wieder angefangen zu trinken?" Nach dem, wie Gao mich behandelt hatte, wünschte ich mir, dass sein Vater nie wieder gesund werden würde.

„Nein, er hat innere Blutungen. Nach der letzten Operation haben zwei Barfußärzte die Operationswunde zusammengenäht, denn dein Vater musste weiter, um verletzte Rotgardisten zu behandeln."

„Haben sie ein Skalpell in seinem Bauch vergessen? Wird er sterben, so wie Mao?", fragte ich hoffnungsvoll.

Mutter blickte mich funkelnd an. „Sprich nicht so, Ling! Dein Vater wird ihn gesund machen."

„Wieso denn?", fragte ich und konnte nicht verhindern, dass ich dabei laut wurde. „Wieso muss Vater sie behandeln? Nach allem, was sie uns angetan haben? Wie kann er ihnen einfach vergeben?"

Mutter hörte auf, die Speckwürfel gegen den Rand des Wok zu pressen und sah mich sehr ernst an. „Dein Vater ist der festen Überzeugung, dass ein wirklich großer Arzt jeden seiner Patienten mit größter Sorgfalt betreut, selbst wenn es sich um seinen Feind handelt."

Ich dachte an die versteckte Kalligrafie mit dem ärztlichen Credo. Ob der Mensch, der dies geschrieben hatte, jemals ins Gefängnis gesteckt worden war? Und falls ja, hätte er dann noch immer geglaubt, dass ein großer Arzt auch seinen Feind mit Mitgefühl behandeln sollte? Ich war mir nicht sicher, ob ich meinen Feind mit Mitgefühl behandeln könnte. Ich hatte mir schon viele verschiedene Arten ausgedacht, wie Gao leiden und sterben würde.

„Beeil dich! Gieß den Hustensaft in die große Schale. Ich muss sie noch zu Gärtner Zong bringen, bevor Tante Wu zur Akupunktur kommt."

„Was willst du damit machen?", fragte ich, während ich die Plastikdeckel des Glasfläschchens öffnete.

„Ich lasse das Fett für deinen Vater aus. Wenn wir das mit dem Hustensaft vermischen und die Masse zu Pillen drehen, werden sie wie Kräutermedizin aussehen und riechen. Und dann werden die Wärter sie hoffentlich nicht beschlagnahmen, sondern durchlassen.

Die Medizin war eine dunkelbraune Honig-Kräutermischung. Wenn mein Heißhunger auf Süßes unstillbar gewesen war, strich ich mir diese Medizin wie Marmelade auf Dampfbrötchen. Einmal hatte ich zu viel davon gegessen und dann drei Tage lang Durchfall. Ich rührte die zähe Mischung mit zwei Essstäbchen, um sie flüssiger zu machen und goss sie danach in die Schüssel.

Ich starrte auf die ausgelassenen Speckwürfel, die jetzt ganz klein und knusprig braun waren. Der Duft hing in der Luft, und mir lief das Wasser im Munde zusammen. Wie köstlich die Würfelchen mit ein wenig Salz besprenkelt schmecken würden! Ich hätte so gerne wenigstens ein einziges klitzekleines Würfelchen probiert. Aber Vater brauchte das Fett, damit er stark blieb. Ich schluckte trocken.

„Wie läuft es in der Schule?“, fragte Mutter.

„Wir weinen noch immer um Mao“, antwortete ich, während meine Augen auf den eisernen Wok fixiert waren.

Mutter seufzte.

***

Um unsere Liebe für den Vorsitzenden Mao unter Beweis zu stellen, mussten wir eine Stunde am Vormittag und eine Stunde am Nachmittag weinen. Während einer der Nachmittagsstunden hatte ein Junge aus der fünften Klasse gesagt, dass bei ihm einfach keine Tränen mehr kommen würden. Am nächsten Tag erschien die Polizei und holte ihn ab.

Für mich war es nicht schwer. Ich hatte genug Gründe, mich todunglücklich zu fühlen. In meinem Kopf hatte ich eine Liste zusammengestellt: montags weinte ich um Frau Wong; dienstags um meinen Vater; mittwochs um meine Bluse; donnerstags um meine Haare; freitags um die Schweinerippchen, die ich so schmerzlich vermisste; samstags um das versteckte Bild mit der Golden Gate Bridge. Und wenn dann endlich Sonntag war, war ich froh, dass ich nicht weinen musste.

Ich hatte damit gerechnet, dass Maos Tod alles verändern würde, gerade auch weil die Zentralregierung einen Monat nach seinem Tod Jiang Qing und ihre Unterstützer festnehmen ließ. Der neue Vorsitzende hatte die ganze Nation in Aufruhr versetzt, als er Maos Witwe und ihre Bande beschuldigt hatte, die neue Regierung stürzen zu wollen.

Abgesehen von den mit Weinen verbrachten Schulstunden hatte sich für mich zumindest eine Sache verändert, denn ich war jetzt bei allen zweihundert Schülern in der Schule berüchtigt. Sie starrten auf meinen geschorenen Kopf und flüsterten gerade noch so laut, dass ich es verstehen musste: „Das ist das verrückte Mädchen. Sie hat Gao fast mit ihrem Gürtel umgebracht.“

Um meinem Ruf gerecht zu werden, trug ich den Gürtel nun über meinem blauen Hemd. Ich musste ihn aber nie wieder benutzen. Bei dem einzigen Mal, als Gaos Bande mir noch einmal auf die Pelle gerückt war, stieß ich ein solches Wolfsgeheul aus, dass sich alle sofort zurückgezogen hatten. Ich war sehr froh, dass sie mich endlich in Ruhe ließen, aber andererseits fühlte ich mich einsam. Ich wünschte mir so sehr, dass irgendjemand mit mir sprach, und selbst wenn es nur war, um zu streiten.

***

Mutter drückte mir einen Kochlöffel in die Hand. „Du musst jetzt die ganze Zeit rühren, während ich das Fett dazugebe." Sie benutzte das Vorderteil ihrer Mao-Jacke als Topflappen und hob den Wok an beiden Griffen hoch, dann kippte sie ihn ein klein wenig und ließ das ausgelassene Fett langsam in die Schale mit der Kräutermedizin tröpfeln.

Während ich rührte, wurde die braune Medizin weniger zähflüssig. Und je mehr die Mischung abkühlte, desto klebriger wurde sie. Mein Arm schmerzte schon vom Rühren, aber ich hörte nicht auf. Es fühlte sich gut an, etwas für Vater tun zu können.

Mutter zeigte mir dann, wie die Mischung sich zu etwa ein Zentimeter großen Kräutermedizinpillen drehen ließ. Bevor sie eine weitere Pille drehte, tauchte Mutter ihre Hand in kaltes Wasser, damit die Masse nicht an den Fingern klebte.

Als wir fertig waren, wurde es für mich auch schon wieder Zeit, zur Schule zu gehen, um die erste Nachmittagsstunde mit Weinen zu verbringen.

Ich hoffte. Ich wünschte. Aber ich genierte mich zu fragen.

Zu guter Letzt aber nahm Mutter zwei Löffel der ausgelassenen Speckwürfel, gab diese in ein Schüsselchen und vermischte sie mit ein wenig Reis. Mit zwei Fingern nahm sie eine Prise Salz aus dem Salzbecher und streute es auf die Reismischung. Ich streckte meine zitternden Hände aus und nahm ihr das Schüsselchen ab. „Danke, Mama!"

Es schmeckte himmlisch! Den letzten Löffel steckte ich Mutter in den Mund, bevor ich mit meiner Schultasche aus der Tür eilte. Als ich an Genosse Lis Tür vorbeilief, wurde sie aufgerissen. Da stand er und roch wie eine Schnapsflasche.

„Ah, der bourgeoise Spross. Wohin rennst du?", schrie er. Seine besudelte blaue Jacke war aufgeknöpft und gab seinen blassen Brustkorb frei.

Ich zeigte ihm mein Ich-habe-vor-nichts-Angst-Gesicht, aber innerlich zitterte ich. „Schule." Ich blickte ihm direkt in die Augen. Ich hatte seine Mao-Jacke noch nie so dreckig und verknittert gesehen.

„Ich rieche, dass bei euch zu Hause gekocht wird." Er schnüffelte und atmete tief ein. „Was habt ihr denn zu feiern?"

Und ohne meine Antwort abzuwarten, fuhr er fort: „Es wird langsam wirklich Zeit, dass ich mir euch zwei vornehme." Er lachte und zeigte dabei seine tabakgelben Zähne. Sein fauliger Atem streifte meine Stirn.

Ich rannte nach unten in den Hof. Inzwischen war es windstill geworden, und die Sonne hatte sich hinter dicken Wolken versteckt. Die Luft war kühl und staubig. Den ganzen Nachmittag über machte ich mir Sorgen und hatte Angst. Hatte Genosse Li damit gerechnet, dass Genosse Sin uns bestrafen lassen würde? Und weil Genosse Sin noch immer krank war, hatte er da entschieden, die Sache selbst in die Hand zu nehmen? Würde er uns abholen lassen oder eine öffentliche Kampfstunde mit Kritik und Selbstkritik abhalten? Wenn ich bloß wüsste, wohin er uns bringen lassen würde, dann könnte ich Gärtner Zong bitten, es Vater mitzuteilen. Oder vielleicht sollte ich das lieber nicht tun, denn das würde Vater nur Sorgen bereiten.

Golden Gate Bridge

勇气

Als ich an dem Nachmittag von der Schule nach Hause kam, nahm ich mir vor, Mutter dazu zu überreden, ein Versteck zu suchen, falls Genosse Li wirklich vorhatte, uns abholen zu lassen. Und zwar sollten wir uns so lange verstecken, bis wir Vater gefunden hatten. Allerdings war ich mir nicht sicher, ob es jemand wagen würde, uns zu verstecken. Mein Herz schmerzte, als ich versuchte, mich an die Freunde zu erinnern, die wir früher einmal gehabt hatten und an die Patienten, die mein Vater behandelt hatte.

Als ich unseren Hof betrat, sah ich, dass eine Bühne aus alten Tischen direkt vor unserem Gebäude aufgebaut war. Mir brach sofort der Schweiß aus, als ich sie erblickte. Heute war also der Tag, vor dem ich mich seit so langer Zeit fürchtete.

Genosse Li saß auf der Kante der Bühne, umgeben von Pickelgesicht, Kurzbein und Mausauge. Gao, Yu und drei andere Jungen aus meiner Klasse standen neben einer rechteckigen Tafel, die auf der Erde lag.

Ich ging auf sie zu und zwang mich, keinerlei Furcht zu zeigen, aber meine Schritte waren wackelig. Ich war mir nicht sicher, ob ich nicht lieber wegrennen sollte.

Kein Wunder, dass Gao den ganzen Nachmittag so ein breites Grinsen im Gesicht gehabt hatte und ständig mit seiner Bande am Flüstern war. Ich hatte schon das Gefühl gehabt, dass sie von mir sprachen, aber ich konnte mir natürlich nicht sicher sein. Und als die Schulglocke geläutet hatte, waren sie sofort aus dem Klassenzimmer gerannt.

Genosse Li entdeckte mich als Erster. Er zeigte mit seinem vom Nikotin gelben Finger auf mich. „Da ist der Klassenfeind. Schnappt sie euch!“, schrie er schrill.

Alle Augen blickten auf mich. Gao und Yu sprangen auf. Als mein Blick sich mit dem von Gao traf, zögerte er.

Pickelgesicht schubste ihn vorwärts. „Los! Wir sind doch hier, um dich zu schützen.“

Als ich nach meinem Gürtel griff, schrie Gao: “Sie wird mich schlagen!“, und rannte davon.

Kurzbein und Mausauge liefen auf mich zu, griffen meine Arme und drehten sie auf meinen Rücken. Schmerz durchfuhr meinen Körper, während ich um mich trat und fluchte. Yu schubste Gao auf mich zu. Er riss mir den Gürtel weg, ohne mir in die Augen zu blicken. Gemeinsam schoben sie mich vor Genosse Li. Ich konnte ein paar fettige schwarze Sesamsamen erkennen, die ihm am Kinn klebten. Genosse Li nahm einen tiefen Zug von seiner Zigarette und blies mir den Rauch direkt ins Gesicht. Mein Hals fühlte sich an, als ob er von Fischgräten gekratzt würde, und ich brach in abgehacktes Husten aus.

„Bringt sie auf die Bühne!“, brüllte er.

Kurzbein und Mausauge zogen mich auf die Bühne, während Gao und Yu mich von hinten traten und schlugen.

Genosse Li stellte sich jetzt hin und brüllte in das Megafon: „Zeit für eine Versammlung. Jedermann! Sofort in den Hof!"

Ich hörte auf, mich zu wehren, und stand jetzt in der Mitte der Bühne. Ich blickte zu unseren Fenstern und hoffte, Mutter wäre nicht zu Hause. Vielleicht war sie gerade dabei, die Kräuterpillen zu Gärtner Zong zu bringen. Aber dann sah ich, wie sich hinter den Gardinen etwas bewegte. Ich konnte Mutters graues Haar erkennen. Ich schnappte nach Luft und hoffte, sie würde nicht auf den Hof kommen.

Kurzbein, Pickelgesicht und Yu standen hinter mir. Gao stand links neben mir und hielt die Tafel an dem Strick in die Höhe. Nun sah ich auch, was in weißen Schriftzeichen darauf geschrieben stand:

LING ENTSCHULDIGT SICH BEI GAO!

Warum sollte ich mich bei ihm entschuldigen? Wegen seiner Drohung, mir die Haare abzuschneiden, oder weil er meinen Vater einen Spion nannte?

Die Wolken zogen plötzlich nach Osten ab, und ein warmer Wind wehte mir ins Gesicht. Etwa ein Dutzend Menschen – alte Männer, Frauen und kleine Kinder – schleppten sich jetzt aus den Gebäuden auf den Hof. Sie flüsterten untereinander. Die meisten anderen Nachbarn waren noch bei der Arbeit. Zwei mittelalte Krankenschwestern, die wie Mutter in der Nachtschicht arbeiteten, waren gerade vom Einkaufen zurückgekommen. Die eine trug einen Wok und einen großen Kochlöffel, die andere schwang einen Korb mit schmutzigem Gemüse. Ein kleiner Junge mit einem kugelrunden Kopf versuchte, auf die Bühne zu klettern, aber seine Großmutter zog ihn zurück. Der Junge fing an zu weinen.

„Ruhe! Ruhe!“ Genosse Li hob seine freie Hand in die Höhe. „Ihr habt euch heute hier versammelt, um Zeuge einer öffentlichen Entschuldigung zu sein. Ling, du entschuldigst dich jetzt bei Gao“, befahl Genosse Li durch das Megafon.

„Nein“, zischte ich. „Niemals!“

Er sprang auf die Bühne und griff nach der Vorderseite meiner Jacke. „Entschuldige dich!“, belferte Genosse Li und blies mir seinen fauligen Atem ins Gesicht.

„Nein!“ Ich funkelte ihn wütend an und dachte an den tapferen Sohn der Säuglingsärztin.

Seine Hand schlug mir ins Gesicht, einmal, zweimal und ein drittes Mal. Meine Wangen brannten, und ich schmeckte Blut in meinem Mund.

Eine Welle von Angst nahm mich gefangen. Vor meinem inneren Auge sah ich den Sohn der Säuglingsärztin blutend auf dem Boden liegend.

Das Schlagen hörte endlich auf. „Gao, bring die Tafel hierher.“ Ich öffnete meine Augen. Genosse Li wedelte mit einer Hand. Breit grinsend stellte sich Gao mit der Tafel ganz nah neben mich.

Da sah ich Mutter aus unserem Haus kommen. Sie schwankte auf uns zu, entsetzliche Angst stand ihr ins Gesicht geschrieben. Ich zitterte in der Oktobersonne.

Wenn die sie erst gesehen hatten, würde sich ihr Angriff auch gegen sie richten. Mir tat es kein bisschen leid, mit Gao gekämpft zu haben, doch mir tat es leid, Mutter in Gefahr zu bringen. Wenn sie schon jemanden bestrafen wollten, dann nur mich.

„Ich entschuldige mich bei Gao“, sagte ich mit schwacher Stimme. Vor lauter Scham stiegen mir die Tränen in die Augen. Ich drückte sie wieder weg und wünschte mir, genug Mut zu haben, Gao den Gürtel zu entreißen und ihn damit zu Boden zu peitschen. In Wahrheit hatte ich aber meine Zweifel, ob ich noch mehr Ohrfeigen und Schläge aushalten würde. Und mehr noch als alles andere hatte ich Angst vor dem, was sie Mutter antun könnten. Ich entschied mich, alles in Kauf zu nehmen, um sie zu schützen.

„Was?“ Genosse Li hörte sich erstaunt an.

„Ich entschuldige mich bei Gao!“, rief ich mit lauterer Stimme und stellte mich aufrecht hin. Kurzbein und Pickelgesicht lockerten ihren Griff und ließen meine Arme dann ganz los.

Ich drehte mich zu Gao, riss ihm die Tafel aus der Hand und warf den Strick über meinen Kopf. „Ich werde meine Entschuldigung dem ganzen Krankenhaus zu Gehör bringen“, rief ich mit sehr lauter Stimme.

Es trat eine tiefe Stille ein.

Ich sprang von der Bühne und riss der Krankenschwester, die ganze vorne stand, den Wok und den Kochlöffel aus der Hand. Sie wirkte verblüfft, tat aber nichts, um mich aufzuhalten. Ich schlug mit dem Kochlöffel auf den Wok und begann zu skandieren.

Bamm! „Ich entschuldige mich bei Gao!“ *Für seine Blödheit.*

Ich musste sie ablenken. Ich hätte alles, alles getan, um sie von Mutter wegzulenken. Das war das Einzige, was ich tun konnte, um sie zu schützen.

Bamm! Bamm! „Ich entschuldige mich bei Gao!“ *Dafür, dass er so hässlich ist.*

Die Tafel war schwerer als ich gedacht hatte. Der Strick schnitt mir in den Nacken.

Gao und Yu kicherten hinter mir.

Solange ich lebe, werde ich auf Rache sinnen. Bamm! „Ich entschuldige mich bei Gao!“

Ein paar Kinder fielen in meinen Singsang ein. Seltsamerweise wurde die Scham dadurch ein wenig gelindert.

„Lauter!“, brüllte Gao und schubste mich kräftig von hinten.

Ich kam ins Wanken. Aber dann sah ich aus dem Augenwinkel, wie Tante Wu Mutter zurück zu unserer Wohnung führte.

Bamm! Erleichtert erhob ich meine Stimme. „Ich entschuldige mich bei Gao!“

Mit einem amüsierten bösen Lächeln folgte mir Genosse Li gemessenen Schrittes.

Ein paar Regentropfen fielen auf meine brennenden Wangen, die inzwischen ziemlich geschwollen sein mussten.

Als ich durch das Eingangstor auf die Siegesstraße hinausging, hielten die Fahrräder und Rikschas an, damit ich die Straße überqueren konnte. Ich hörte auf zu skandieren, weil es mir peinlich war, und die vielen Menschen auf der Straße, die mich unverwandt ansahen, mich verunsicherten. Sie flüsterten und zeigten auf mich.

Gao trat mich und schrie: „Nicht aufhören! Entschuldige dich!"

Bamm! Bamm! „Ich entschuldige mich bei Gao!" *Dafür, dass er geboren wurde.*

In dem Moment als ich durch das Tor zum Krankenhaus gegangen war, blieb ich wie angewurzelt stehen. Eine kleine Gruppe von Ärzten und Krankenschwestern versammelte sich gerade neben einem geparkten großen Armeelastwagen. Mein Magen drehte sich um, als ich zwei der sechs Männer, die gerade in Polizeiuniform aus dem Lastwagen kletterten, erkannte: Essstäbchen und Fettwanst! Hätte ich doch bloß schon ein Versteck für Mutter und für mich gefunden. Wie falsch ich doch gelegen hatte, als ich dachte, dass das Leben nach Maos Tod besser werden würde.

Genosse Lis Lächeln verschwand für einen kurzen Moment, dann kehrte es zurück. Er zog mich von hinten am Ohr und sagte: „Die sind ja genau zum richtigen Zeitpunkt gekommen, um dich zu holen!"

Ich schüttelte mit aller Kraft meinen Kopf, und mein Ohrläppchen glitt aus seinen Fingern.

„Wenn sie dich abgeholt haben", sagte er mit einem durchtriebenen Lächeln, „ist deine Mutter an der Reihe. Sie wird gestehen müssen, dass sie dir den Auftrag gegeben hat, diesen loyalen Jungpionier zu töten." Er tätschelte Gaos Schulter.

Verzweiflung überkam mich. Meine ganzen Schmerzen, alle Demütigungen waren für nichts und wieder nichts gewesen. Wie dumm von mir, zu glauben, dass Genosse Li Mutter einfach vergessen würde. Ich überlegte mir, ob ich Genosse Li mit dem Kochlöffel angreifen könnte. Doch genau in dem Moment, als hätte er meine Gedanken gelesen, riss mir Pickelgesicht den Wok und den Kochlöffel aus den Händen.

„Hallo, Genossen", krächzte Genosse Li den anderen entgegen. „Hier habt ihr euren kleinen bourgeoisen Häftling." Er schob mich nach vorn, sodass ich fast in Essstäbchen hineingestolpert wäre. Ich konnte mich gerade so auf den Beinen halten und hielt die beschämende Tafel krampfhaft fest.

Ich verharrte dort wie eine Biene, die sich im Spinnennetz verfangen hatte, und ich wusste, dass es keinen Sinn machte, zu versuchen wegzulaufen.

Essstäbchen schubste mich zur Seite.

„Nein, wir sind hier, um dich abzuholen!", rief Fettwanst und stach Genosse Li mit einem Schlagstock in den Brustkorb, dabei zeigte er seine Zähne. „Du bist hiermit festgenommen als Mitglied von Jiang Qings Bande." Er lachte und gab dabei ein gurgelndes Geräusch von sich.

Ich stolperte zu der nächsten Mauer, um mich abzustützen. Die umstehenden Menschen hielten ihren Abstand und beobachteten die Szene. Genosse Li beschimpfte und beleidigte Essstäbchen mit gellender Stimme und versuchte, ihn mit seinem Megafon zu schlagen.

„Meinst du etwa, du bist unantastbar?" Essstäbchen versetzte Genosse Li einen Schlag ins Gesicht. Blut strömte aus beiden Nasenlöchern.

„Ich bin ein echter Maoist!", schrie Genosse Li. „Du hast kein Recht, mich so zu behandeln!" Blutgetränkte Spucketröpfchen sprühten aus seinem Mund. Sein Gesicht war so rot wie ein Hahnenkamm, und seine Augen glänzten von Tränen der Verzweiflung. Inzwischen hatte sich eine ganze Menschentraube um die beiden versammelt.

„Du bist kein Maoist. Du bist nicht anderes als eine kleine miese faulige Garnele aus Jiang Qings Bande." Pfiffe und Anfeuerungsrufe aus der Menge stimmten in Essstäbchens lautes Lachen ein.

Was war wohl der Unterschied zwischen einem Maoisten und einem aus Jiang Qings Bande? Beide hatten doch Mao dabei geholfen, so viele Menschen umzubringen. Hatte er die Versammlung deshalb heute abgehalten, weil Genosse Sin nicht dabei sein konnte, und weil er wusste, dass seine Tage gezählt waren? Konnte ich jetzt wirklich Hoffnung schöpfen und glauben, dass unsere Lebensbedingungen sich verbessern würden? Aber Vater, wo war mein Vater?

Zwei Polizisten drehten Genosse Lis Hände auf seinen Rücken und legten ihm Handschellen an. Essstäbchen drückte Genosse Lis Kopf so tief nach unten, dass er nicht viel mehr als die gelben Blätter auf dem Boden sehen konnte. Ich nahm die Tafel, die ich noch umhängen hatte, ab. Mit meinen Fingern zog ich einen Strich durch die Kreideschriftzeichen. Gao starrte mich an. Ich zeigte ihm mein Wolfsgesicht, und er blickte sofort weg. Plötzlich raste Gao auf einen Lastwagen zu, der neben dem Eingangstor parkte. Hinten drauf saß Genosse Sin, sein Kopf wackelte hin und her und es war etwas in seinen Mund gestopft.

Mir wurde schwindelig. Sie hatten Gaos Vater verhaftet! Also war er jetzt auch ein Konterrevolutionär. Niemand konnte mich jetzt mehr dazu zwingen, mich zu entschuldigen, weil ich einen Feind des Volkes geschlagen hatte. Ich stellte mir sein weinendes Gesicht vor, während die Jungpioniere ihm das rote Tuch von seinem kurzen Hals rissen.

Sie zerrten Genosse Li, der sich zu wehren versuchte, wieder in den Hof. Fettwanst trat ihm von hinten mit seinen Armeestiefeln in die Knie, daraufhin hörte Genosse Li auf, um sich zu schlagen und zu treten. Aber er hörte nicht auf zu brüllen: „Ihr habt kein Recht, mich so zu behandeln! Ich liebe den Vorsitzenden Mao!“

„Halt die Klappe! Wir haben Jiang Qing verhaftet und ins Gefängnis gesteckt, und jetzt können wir dich so behandeln, wie wir wollen“, grölte Essstäbchen und stopfte einen dreckigen Lumpen in Genosse Lis Mund. Die Menschen sahen schweigend zu. Ich hätte nicht sagen können, ob sie sich freuten oder verblüfft waren. Die Menschenmenge wurde immer größer.

Vier Männer zerrten Genosse Li auf die Bühne. Die Muskeln in seinem Gesicht zuckten, als ob ihn eine Kakerlake von innen im Mund kitzelte. Hatte er sich je vorstellen können, dass dieser Tag kommen würde? Schade, dass er keine langen Haare hatte, die ich ihm abschneiden konnte.

Pickelgesicht begann mit dem Kochlöffel auf den Wok zu schlagen. Während er den Hof umrundete, schrie er: „Alle Mann in den Hof!“ *Bamm*! „Kommt zum öffentlichen Prozess!“ *Bamm*! „Gegen ein Mitglied von Jiang Qings Bande!“ „Kommt zum öffentlichen Prozess!“ *Bamm*!

Ich konnte es nicht fassen, mit welcher Geschwindigkeit sie sich gegen Genosse Li verbündet hatten.

Während die Menschengruppe, die sich um die Bühne versammelt hatte, immer dichter wurde, hielt ich Ausschau nach Mutter. Warum war sie nicht dabei? Dann erinnerte ich mich plötzlich an den Strick unter Mutters Matratze und raste los zu unserer Wohnung. Als ich vor der Wohnungstür stand und hektisch nach meinem Schlüssel suchte, wurde die Tür aufgerissen. Ich erstarrte, wagte nicht einmal zu blinzeln vor Angst, dass das, was ich sah, plötzlich wieder verschwinden könnte.

Es war Vater! Er sah älter und kleiner aus, als ich ihn in Erinnerung gehabt hatte. Fischschwanzfältchen zogen sich von seinen Augenwinkeln zu seinem nun fast überall ergrautem Haar. Doch er stand sehr aufrecht und mit hocherhobenem Haupt. Und das Leuchten in seinen Augen war genau so, wie ich es in Erinnerung hatte.

Ich hatte immer wieder von diesem Augenblick geträumt und mir eintausend Mal überlegt, was ich dann sagen würde. Aber nun konnte ich nichts anderes tun, als ihn anzustarren.

Vater murmelte etwas, aber ich konnte ihn nicht verstehen.

Meine Hände flogen in mein Gesicht, um meine schmerzenden Wangen zu verdecken. Doch als mir einfiel, wie dreckig meine Hände waren, versteckte ich sie in den Taschen meiner ausgebeulten weiten Jacke. Ich wünschte mir, ich hätte eine Mao-Mütze, um meinen geschorenen Kopf zu verdecken. Ob er wohl erstaunt war zu sehen, dass sein kleines Mädchen jetzt so hässlich war? Die Schreie und Anfeuerungsrufe sowie das Schlagen des Wok vom Hof überdeckten fast das leise Donnern eines weit entfernten Sturms. Ich stand wie zur Salzsäule erstarrt da. Ich hatte mir vorgestellt, in dieser Situation in Tränen auszubrechen, aber wo blieben meine Tränen?

Vater öffnete seine Arme. „Komm her, mein wunderschönes Mädchen!“ Er umarmte mich ganz fest.

Ich vergrub mein Gesicht in seiner Schulter. Er roch noch genauso, wie er immer gerochen hatte. Wie ein fest gerolltes Teeblatt, das in heißes Wasser fallen gelassen wird, faltete ich mich auf, und fühlte mich von Sekunde zu Sekunde leichter. Jetzt liefen mir glückliche Tränen über die Wangen. Vaters Arme drückten das ganze Leid und die ganze Traurigkeit aus mir heraus.

Mutter stand neben uns und strahlte. „Der neue Parteisekretär des Krankenhauses hat entschieden, dass dein Vater seine Umerziehung abgeschlossen hat. Er wird jetzt wieder als Arzt arbeiten."

„Ich wäre schon früher gekommen." Vater legte seine Arme um Mutter und mich. „Aber die Polizei wollte nur eine Fahrt machen. Deshalb musste ich warten, bis sie soweit war, Genosse Sin und Genosse Li zu verhaften. Ach, wir können sie ja jetzt nicht mehr Genossen nennen, oder?"

Wir lachten, bis uns die Bäuche wehtaten, während der Hof von Jubelrufen erfüllt war. Und als ich aufblickte, sah ich meine versteckte Hoffnung hinter Maos lächelndem Gesicht. Ich schwor, dass ich es eines Tages zur Golden Gate Bridge schaffen würde.

Epilog

勇气

Epilog

Obgleich die ganze Geschichte dieses Buches fiktiv ist, so geht doch der Großteil des Geschehens auf Dinge zurück, die sich in meiner Kindheit mit realen Personen an realen Orten zugetragen haben.

Ich bin auf dem Gelände des Städtischen Krankenhauses Nummer 4 in Wuhan aufgewachsen, meine Eltern arbeiteten dort. Mein Vater hatte seinen Abschluss vor der Kommunistischen Revolution an der von amerikanischen Missionaren geleiteten medizinischen Fakultät gemacht. Er war ein bekannter Facharzt für Allgemeinchirurgie. Er hat mir Englisch und Tanzen beigebracht, und gemeinsam hörten wir BBC-World und machten Ausflüge zu einer Konditorei.

Während der Kulturevolution kritisierte mein Vater Mao öffentlich und wurde deshalb beschuldigt, ein amerikanischer Spion und Konterrevolutionär zu sein. Er wurde gezwungen, im Krankenhaus als Hausmeister zu arbeiten, später wurde er verhaftet und saß im städtischen Gefängnis, weil er sich geweigert hatte, mit den Behörden zusammenzuarbeiten, die einen seiner Freunde inhaftieren wollten. Während dieser Jahre hat er heimlich »konterrevolutionäre« Patienten behandelt, aber auch Wärter aus seinem Gefängnis und sogar Parteifunktionäre operiert. Ich habe ihn oft im Krankenhaus besucht, wenn er spät in der Nacht Patienten in seiner Hausmeisteruniform behandelte.

Nach Maos Tod wurde mein Vater zum Chefarzt der Chirurgie ernannt und zum Chefredakteur des chirurgischen Teils des angesehenen wissenschaftlichen Magazins *Modern China Journal.* Im Jahre 1990 wanderte er gemeinsam mit meiner Mutter in die USA aus, doch er vermisste seine Praxis und seine Patienten so sehr, dass er ein Jahr später nach Wuhan zurückkehrte. Er arbeitete in dem Krankenhaus bis zu seinem Tode am 9. Mai 1996. Er starb umgeben von seiner Familie, Patienten, Freunden und Kollegen.

Meine Mutter war Ärztin der Traditionellen chinesischen Medizin. Während der Kulturrevolution war sie gezwungen worden, als Nachtschwester auf der Notfallstation zu arbeiten, weil sie sich geweigert hatte, eine »Trennlinie« zwischen sich und meinen „konterrevolutionären" Vater zu ziehen und sich scheiden zu lassen.

Ich habe zwei ältere Brüder. Die Figur des Niu ist inspiriert von einem meiner Brüder sowie einem Nachbarsjungen, der über uns wohnte. Meinen Brüdern blieb es erspart, zur Umerziehung aufs Land geschickt zu werden, doch es war ihnen nicht erlaubt worden, eine höhere Schule zu besuchen oder zu studieren. Beide waren über viele Jahrzehnte hinweg Fabrikarbeiter und leben mit ihren Familien noch immer in Wuhan.

Ich habe, kurz nachdem meine Eltern verstorben sind, begonnen, an diesem Buch zu arbeiten. Erst dann habe ich gemerkt, wie sehr ich China vermisse – das Land, das ich innig liebe. Ich habe sechs Jahre gebraucht, um dieses Buch zu schreiben.

Anhang

Historischer Hintergrund

Nach dem Sturz der uralten Kaiserherrschaft durch die Revolution von 1911 unter Sun Ya-tsen begann China sich nach europäischem und amerikanischem Vorbild zu modernisieren. Es waren allerdings unruhige Zeiten, denn bald schon kam es zu Machtkämpfen zwischen verschiedenen Kräften, vor allem der Kuomintang-Partei SunYa-tsens und der wachsenden kommunistischen Bewegung. Gegen die japanische Invasion eines großen Teils von China seit 1937 schlossen sich Kuomintang und Kommunistische Partei noch einmal zusammen, doch nach dem Kriegsende 1945 kam es zu einem Bürgerkrieg zwischen beiden Kräften, der mit dem Sieg der Kommunisten 1949 endete. Die Kommunisten unter Führung von Mao Tse-tung (Mao Zedong) gestalteten das Land nach ihren Vorstellungen revolutionär um, vor allem indem sie die alten Eigentumsverhältnisse beseitigten. Es stellte sich im Laufe der Zeit allerdings heraus, dass die Führer der Kommunistischen Partei verschiedene Vorstellungen davon hatten, wie die Zukunft des Landes aussehen sollte. Mao war der Meinung, dass die Revolution steckenzubleiben drohte und rief deshalb im Jahr 1966 die „Große Proletarische Kulturrevolution“ aus. Alle festgefahrenen Machtverhältnisse sollten beseitigt werden: sowohl die Reste der alten Kultur des vorkommunistischen China also „alte Ideen, Kultur, Bräuche und Gewohnheiten“ als auch die der „Bürokraten“ in Staat und Partei. So konnte Mao auch seine Widersacher im Machtapparat schwächen. Mit der Hilfe seiner Frau Jiang Qing gründete er die Roten Garden, die sich aus Schülern der Mittel- und Oberschulen zusammensetzten. Angeführt von Maos Gefolgsleuten in der Volksbefreiungsarmee, verhafteten und ermordeten sie Oppositionelle und insbesondere Intellektuelle, vertrieben Millionen unter ihnen aus ihren Positionen, erniedrigten sie oder schickten sie in Umerziehungslager.

Maos Macht erreichte ihren Höhepunkt in der Mitte der Kulturrevolution. Während dieser Jahre musste jeder in China das kleine rote Buch, die sogenannte Mao-Bibel, bei sich tragen. Der eigentliche Name des Buches ist *Worte des Vorsitzenden Mao Tse-Tung*. Weiterhin mussten alle Kleidung im Mao-Stil (also den sogenannten Mao-Anzug) tragen, mit Knöpfen, auf denen sich jeweils ein Porträt Maos befand. Radios und Lautsprecheranlagen verkündeten rund um die Uhr Mao-Zitate und Mao-Lehrsätze und ließen Revolutionslieder erklingen. Jedes Heim und jedes öffentliche Gebäude sowie öffentliche Plätze waren mit Mao-Büsten und Mao-Zitaten auf sogenannten Wandzeitungen geschmückt. Chinas Wirtschaft lag danieder, die

Geschäfte waren leer, und Nahrung und Güter wurden rationiert.

Schüler und Studenten wurden ermuntert, gegen ihre Lehrer zu rebellieren und sie, falls sie etwas sagten, das Mao- oder parteikritisch ausgelegt werden konnte, zu denunzieren – das galt sogar für die eigenen Eltern. Die jungen Menschen sollten als ideologische Miliz agieren und so Maos massiven „Säuberungsaktionen“ gegen alle Andersdenkenden zum Sieg verhelfen.

Auch wenn die Kulturrevolution offiziell im Jahr 1969 beendet war und die allerschlimmsten Missstände und Missbräuche weniger wurden, so währte die politisch äußerst angespannte Situation weiter, bis zu Maos Tod am 9. September 1976.

Am 6. Oktober, nicht einmal einen Monat später, ordnete der neue Vorsitzende der Chinesischen Kommunistischen Partei, Hua Guofeng, die Verhaftung von Jiang Qing und ihren engsten Mitstreitern an, der sogenannten Viererbande. Jiang Qing wurde zum Tode verurteilt; diese Strafe wurde später in lebenslange Haft umgewandelt. Im Jahr 1991 soll sie sich selbst da Leben genommen haben.

Heute ist China noch immer ein kommunistisches Land, aber vielleicht eher dem Namen nach. Denn auch wenn die Regierung wie eine Diktatur handelt, so wurden in den letzten Jahren vielfältige Reformen der Wirtschaft durchgeführt, die zu einer weitgehend freien Marktwirtschaft führten, in der nach kapitalistischen Grundsätzen verfahren wird. Dies hat dazu geführt, dass es immer mehr Joint

Ventures mit ausländischen Firmen gibt, dass sich der Lebensstandard von Millionen von Menschen deutlich verbessert hat und dass heute mehr als ein Viertel der Milliardäre in der Welt Chinesen sind. Güter und Nahrungsmittel sind nicht länger rationiert; ja, viele werden sogar aus der ganzen Welt importiert. Nach einer langen Zeit der Dämmerung ist China erwacht und nimmt nun wirtschaftlich seinen Platz auf der Bühne der Welt ein.

Quellen

- „Eine Revolution ist keine Dinnerparty“ (wahlweise auch Galadinner oder Gastmahl), das ganze Zitat auf S. 107 stammt aus *Ausgewählte Werke Mao Tse-tungs, Bd. 1, März 1927*

- Alle anderen Mao-Zitate folgen der sogenannten Mao-Bibel: *Worte des Vorsitzenden Mao Tse-Tung* – Erste Auflage 1967, Verlag für fremdsprachige Literatur, Peking 1967

- Die Übersetzung des Credos von Sun Simiao (S. 109) folgt im Wesentlichen der des Sinologen und Medizinhistorikers Paul Ulrich Unschuld.

Vita

Ying Chang Compestine, geb. 1963 in Wuhan, Hubei, ist eine chinesisch-amerikanische Autorin und Dozentin. Sie hat englische und amerikanische Literatur sowie Soziologie studiert und sowohl in den USA als auch in China unterrichtet. Ihr Buch *Revolution ist keine Dinnerparty* basiert auf ihrem Leben in China. Inzwischen hat sie mehr als zwanzig Bücher geschrieben.

Ein verlagsneues Buch kostet in ganz Deutschland und Österreich jeweils dasselbe. Das liegt an der gesetzlichen Buchpreisbindung, die dafür sorgt, dass die kulturelle Vielfalt erhalten und für die Leser bezahlbar bleibt. Also: Egal ob im Internet, in der Großbuchhandlung, beim lokalen Buchhändler, im Dorf oder in der Stadt – überall bekommen Sie Ihre verlagsneuen Bücher zum selben Preis.

Die englischsprachige Erstausgabe ist 2007 unter dem Titel
Revolution is not a Dinner Party erschienen.

Druck und Bindung: Livonia Print

Printed in Latvia
ISBN 978-3-946593-94-2
www.jacobystuart.de